WITCH IS WHEN IT GETS CRAZY - DEUTSCHE AUSGABE

LEMON TEA COZY MYSTERIES

LUCY MAY

Für alle, die den Sprung wagen.

KAPITEL EINS

Das Stimmengewirr von jenseits der Küchentür drang in die Backstube. Das Geschäft brummte, und ich war begeistert. Lemon Bliss war nicht gerade eine boomende Stadt, aber ich wollte die Chance ergreifen, denn ich brauchte eine Möglichkeit, in Lemon Bliss bleiben zu können, und meine beste Freundin Daphne war eine große Verfechterin der Idee. Ganz zu schweigen davon, dass sie meine Geschäftspartnerin war. Lemon Bliss war gerade groß genug, um genügend Leute zu haben, die uns auf Trab hielten. Es half auch, dass wir zufällig die einzige Bäckerei in der Stadt waren.

»Violet?«, rief Patty, meine neueste Mitarbeiterin, von vorne.

Daphne hatte heute frei, und wir waren uns einig, dass wir das beide verdient hatten. Wir standen kurz vor dem sechsmonatigen Jubiläum der Bäckerei, die nicht nur geöffnet war, *sondern auch* schwarze Zahlen schrieb. Es war an der Zeit, Personal einzustellen und die Früchte unserer Arbeit zu genießen. Da Daphne heute frei hatte, war also ich dran. Ehrlich gesagt war ich immer im Dienst, selbst wenn ich behauptete, mir einen Tag freizunehmen.

»Komme schon«, rief ich, holte schnell die Kekse aus dem Ofen und eilte dann nach vorne. Patty war neu und neigte zur Panik, wenn sie mehr als ein paar Leute in der Schlange sah.

Als ich nach vorne ging, sah ich, dass der Gastraum voll war und mehrere Leute an der Kasse Schlange standen. Ich war überrascht, dass Patty so lange gewartet hatte, um mich um Hilfe zu rufen. Während ich die Kunden überflog, fiel mein Blick auf meine Mutter. Sie sah nicht glücklich aus; ihre Lippen waren zu einem schmalen Strich zusammengepresst, die Arme vor der Brust verschränkt, und sie wippte mit dem Fuß.

Innerlich stöhnte ich auf und hoffte, dass es nicht schon wieder eine Katastrophe gab, die meine sofortige Aufmerksamkeit erforderte. Seit ich wieder in Lemon Bliss war, fühlte es sich an, als hätte es eine Krise nach der anderen gegeben. Die letzten paar Monate waren friedlich gewesen, und ich hatte gehofft, auf dem Weg zu einem friedlicheren Leben zu sein.

Ein Blick auf meine Mutter genügte, und meine Sinne begannen zu kribbeln und verkündeten, dass die Vorstellung von Frieden mir gleich um die Ohren fliegen würde. Ich wusste es einfach. Als sie mich durch die Schwingtür nach vorne kommen sah, machte sie sich auf den Weg zum Tresen.

»Einen Moment, Mom«, rief ich und widmete mich der Schlange.

Nachdem wir alle in der Schlange bedient hatten, deutete ich meiner Mom, mir in die Küche zu folgen. Ich musste nicht die ganze Bäckerei über unser neuestes Problem informieren.

»Patty, ruf, wenn du mich brauchst«, sagte ich zu ihr und achtete darauf, dass die Küchentür hinter uns ins Schloss fiel. Meine Mutter begann, vor meinem Arbeitstisch auf und ab zu gehen und dabei ihre Hände zu ringen. Ihre Bettelarmbänder klirrten leise bei der Bewegung.

»Oh, Violet. Wir haben ein Problem«, sagte sie, während sie an mir vorbeiging.

»Was ist denn jetzt schon wieder, Mom? Fehlt etwas? Ist jemand gestorben? Was? Was kann denn nur so schlimm sein?«, fragte ich und unterdrückte meine Frustration. Ich wollte *wirklich* ein normales Leben. Aber seit ich erfahren hatte, dass ich eine Hexe war, schien Normalität Mangelware zu sein.

Sie hörte auf, auf und ab zu gehen, und heftete ihren Blick auf mich. »Es ist tatsächlich jemand gestorben, Violet, und das ist nicht im Geringsten lustig.«

Panik und Sorge überkamen mich. »Wer?!«, rief ich aus, mein Herz raste.

»Wir kannten ihn nicht besonders gut, aber ich wusste, wer er war. Die Tatsache, dass er so jung war, ist das Schreckliche. Das und die Tatsache, dass sein Tod mehr Ärger für uns alle bedeutet.«

»Wer?«, fragte ich, und die Frustration ließ meine Stimme schrill werden. »Wer ist gestorben?«

»Harry.«

»Wer?«, fragte ich, blinzelte und versuchte schnell, ein Gesicht mit dem Namen zu verbinden.

»Harry. Er hat mit diesem furchtbaren Mann, George, zusammengearbeitet«, sagte meine Mutter und verzog den Mund.

Meine Mutter war von George *nicht* begeistert, aber das war ich auch nicht. George war der Ermittler für Übernatürliches, der es schon seit Monaten auf uns abgesehen hatte. Er wollte einfach nicht von der Idee ablassen, dass er die übernatürlichen Geheimnisse in Lemon Bliss aufdecken könnte. Da wir Hexen waren, die ihre Existenz sehr gerne geheim halten wollten, stießen wir immer wieder mit seiner aggressiven Neugier zusammen.

»Wie ist Harry gestorben?«, stellte ich die nächstliegende Frage. Ich hatte immer noch nicht verstanden, warum meine Mutter sich Sorgen machte, abgesehen von der allgemeinen Anteilnahme, wenn jemand stirbt.

»Violet, du verstehst das nicht. Harry war einer der Ermittler für Übernatürliches. Im ganzen Ort kursieren Gerüchte, dass Harry gestorben ist, nachdem er gestern Abend die Fabrik besucht hat.«

Ich unterdrückte einen Fluch. »Was?! Warum war er in der Fabrik? Warum gehen die da ständig hin? Warum können sie sich nicht einfach fernhalten? Das ist Privatbesitz und gehört mir. Niemand hat die Erlaubnis, dort zu sein. Ist er dort gestorben?«

Ein verdächtiger Tod in der verlassenen Zitronentee-Fabrik, die meine Großmutter mir vererbt hatte, war der Grund, der mich ursprünglich nach Lemon Bliss zurückgebracht hatte. Du meine Güte!

Wenn noch jemand dort sterben würde, wäre es noch schwieriger, den Verdacht von den Hexen fernzuhalten.

»Ich habe keine Ahnung, ob Harry wirklich dort war, aber das ist es, was die Leute erzählen. Soweit ich das mitbekommen habe, wurde er heute Morgen tot in seinem Haus aufgefunden, also muss er nicht in der Fabrik gestorben sein. Ich dachte, du solltest es sofort wissen. Es ist einfach schrecklich.«

Ich lehnte meine Hüften gegen den Tisch, der durch die Mitte der Küche verlief, und seufzte. »Wow. Ich kann das nicht glauben. Dass noch ein Ermittler für Übernatürliches tot aufgefunden wird, ist einfach nur verdammt seltsam.«

Meine Mutter lehnte sich neben mir an den Tisch. »Ich weiß. Obwohl der erste Tod ein Unfall war, hat er die Aufmerksamkeit auf die alte Fabrik gelenkt. Und George! Meine Güte, dieser Mann lässt einfach nicht locker. Anscheinend hat er ein paar Freunde mitgebracht, die ebenfalls Ermittler für Übernatürliches sind. Und natürlich ist die Fabrik der Mittelpunkt seiner Untersuchung. Ich schätze, deshalb war Harry letzte Nacht in der Fabrik. Sie müssen sich wieder hineinschleichen.«

»Mom, wann hast du gehört, dass George die Fabrik wieder untersucht?«, fragte ich und sah sie an.

Sie holte tief Luft. »George hat Dales Sohn hergeholt, um die Arbeit seines Vaters fortzusetzen.«

»Dale?«

»Der Mann, der vor fast sechs Monaten in der Fabrik gestorben ist«, sagte sie, als wäre ich eine Idiotin.

»Oh, richtig. Entschuldige, ich habe gerade nicht nachgedacht.«

»Jedenfalls hat Dale Junior seinen Studienfreund Harry und Stan mitgebracht. Anscheinend hat Stan früher mit Dale Senior zusammengearbeitet. Die Männer haben an dieser blöden Untersuchung gearbeitet. Die Damen und ich haben die Dinge so gut wie möglich im Auge behalten, ohne aufzufallen«, erklärte sie. »Ich wollte es dir gegenüber nicht erwähnen, weil ich nicht wollte, dass du dir Sorgen machst. Wir dachten, irgendwann würde es ihnen langweilig werden und sie würden weiterziehen. Und jetzt taucht wieder jemand tot auf. Was für ein Schlamassel.«

Ich seufzte und rollte meinen Kopf von einer Seite zur anderen, um die aufkommende Spannung in meinem Nacken zu lösen.

»Wie auch immer, die Polizei hat mich heute Morgen angerufen«, fügte sie hinzu.

»Warum haben sie dich angerufen?«

»Weil sie dich nicht erreichen konnten.«

»Okay, und warum haben sie versucht, mich anzurufen?«

Sie stieß einen langen, schweren Seufzer aus. »Weil George ihnen erzählt hat, dass er in der Fabrik war, und meinte, er glaubt, dass Harry dort etwas zugestoßen ist. Natürlich ist es der Polizei egal, dass diese Männer nach Belieben eingebrochen sind und Hausfriedensbruch begangen haben. Aber sie nehmen nur zu gern an, dass etwas Ruchloses passiert ist, obwohl Harry nicht wirklich in der Fabrik gestorben ist«, sagte sie schnippisch.

»Ich kann nicht für jede einzelne Sache, die hier passiert, verantwortlich sein, und du auch nicht. Das wird langsam echt alt!«

»Es tut mir leid, mein Schatz. Ich weiß, das ist nicht das, was du erwartet hast, als du wieder nach Hause gezogen bist.«

»Ich habe das Gefühl, das wird der neue Normalzustand. Wenn ich diese übernatürlichen Ermittler nur davon abhalten könnte, in die Fabrik zu schleichen. Ihre albernen Untersuchungen sind mir egal, aber um Himmels willen, sie sollten nicht einbrechen! Alle zwei oder drei Monate wird jemand etwas tun, das unseren Zirkel bedroht. Mom, bist du dir sicher, dass diese ganze Hexensache den ganzen Ärger wirklich wert ist?«, fragte ich leise.

»Ja. Wir können nicht ändern, wer wir sind, selbst wenn wir es wollten. Wir müssen unser Geheimnis schützen, was wir alle schon seit Jahrzehnten tun und auch weiterhin tun werden. Jetzt, im Moment, musst du mit dem Sheriff reden gehen. Ich weiß nicht, ob es Harold sein wird, der die Fragen stellt, oder jemand anderes.«

»Ich arbeite, Mom. Ich kann nicht einfach gehen und Patty allein lassen.«

»Ich könnte hierbleiben«, bot sie an.

Ich musste mir ein Lachen verkneifen. Ich war mir nicht sicher, ob das ihre Absicht war, aber die Vorstellung war lächerlich. »Ich rufe Daphne an«, sagte ich resigniert.

»Es tut mir leid, dich damit zu überfallen, Violet. Ich verspreche dir, die jüngsten Ereignisse sind nicht die Norm. Es liegt an diesem George. Sobald wir herausgefunden haben, wie wir ihn loswerden können, sind unsere Sorgen vorbei«, sagte sie.

Als ob es so einfach wäre. Das bezweifelte ich stark.

Ich stieß mich von der Theke ab und ging nach hinten, um meine Handtasche und mein Telefon zu holen. Als ich mich umdrehte, um sie anzusehen, meldete sich mein siebter Sinn wieder. »Mom, was planst du?«, fragte ich.

Sie zuckte mit den Schultern. »Ach, du meine Güte! Du gehst immer vom Schlimmsten aus. Ich denke nur nach.«

Damit verließ sie die Küche. Ich stand da und atmete tief durch. Die Dinge wurden seltsam. Na ja, sie waren schon mehr als seltsam gewesen. Konnte es wirklich ein Zufall sein, dass diese beiden Männer nach einem Besuch in der Fabrik starben? Die Fabrik, die auf dem Gelände gebaut wurde, das seit ein paar Jahrhunderten als Treffpunkt des Zirkels diente. Ich hatte schon früher meine Verdächtigungen gehabt, aber ich hatte mich sehr bemüht, sie zu ignorieren.

»Auf keinen Fall, Violet. Das ist kein Zufall«, murmelte ich in die leere Küche.

Ich musste anfangen, der Realität ins Auge zu sehen. Etwas stimmte nicht in Lemon Bliss, und ich begann mich zu fragen, ob es jemals wieder in Ordnung kommen würde. Es fühlte sich jedenfalls nicht so an.

Ich fischte mein Handy aus der Handtasche und rief Daphne an. So viel zu ihrem freien Tag. Ich hasste es, sie zu stören, aber ich musste sofort mit Harold sprechen. Daphne verstand meine missliche Lage und versprach, sofort zu kommen.

Innerhalb von Minuten rauschte sie durch die Hintertür in die Küche. »Hey, erzähl mir alles. Muss ich meine Koffer packen? Sind wir auf der Flucht?«, fragte sie zur Begrüßung.

Ich verdrehte die Augen. »Nein, es sei denn, du willst mir etwas sagen«, sagte ich und zog eine Augenbraue hoch.

Sie schnaubte verächtlich. »Ich bin mir nicht mal sicher, was ich angeblich getan haben soll. Also, was ist passiert? Noch ein Toter in der Fabrik? Ich kann das gar nicht glauben.«

Ich schüttelte den Kopf. »Tatsächlich nicht in der Fabrik, aber seine Kumpel haben der Polizei erzählt, dass er in der Fabrik war und kurz darauf tot umgefallen ist.«

Sie stieß einen langen Seufzer aus. »Und die Polizei will mit dir reden, um herauszufinden, ob du diesen Kerl irgendwie magisch getötet hast, nur weil er die Fabrik unbefugt betreten hat?«

Ich nickte. »Kommt ungefähr hin.«

»Bereust du es manchmal, zurückgezogen zu sein?«, fragte sie leise.

Ich dachte ein paar Sekunden darüber nach. »Nein. Ich bedauere, dass zwei Menschen gestorben sind, aber ich habe das Gefühl, diese Todesfälle wären passiert, ob ich nun hier gewesen wäre oder nicht.«

»Technisch gesehen warst du beim ersten nicht hier.«

»Stimmt, aber es tut mir leid, dass der Mann gestorben ist, besonders auf meinem Grundstück. Was ich auch bedauere, ist, dass ich diese Fabrik nicht besser gesichert habe. Man sollte meinen, sie würden ihre Lektion lernen. Ich meine, wenn sie wirklich denken, dass es in der Fabrik spukt und schlimme Dinge passieren, wenn sie dorthin gehen, warum gehen sie dann immer wieder zurück?«, fragte ich.

Daphne lachte. »So wahr. Einerseits behaupten sie ständig, die Fabrik würde ihnen die übernatürliche Story des Jahrhunderts liefern, und andererseits begeben sie sich immer wieder an einem Ort in Gefahr, von dem sie behaupten, er sei gefährlich.« Sie hielt inne, ihr Blick wurde ernst. »Aber ehrlich gesagt, wenn er nicht dort gestorben ist, bin ich sicher, dass sich das aufklären wird. Es hatte nichts mit dir zu tun, also werden sie das schon herausfinden.«

»Hoffen wir es mal. Wie auch immer, ich sollte besser dort hingehen. Es tut mir so leid, dass ich dich an deinem freien Tag herholen musste. Ich übernehme an meinem freien Tag eine Schicht für dich.«

»Mach dir keine Gedanken, Violet. Ich habe sowieso nichts zu tun gehabt. Ich hoffe aber, du hast schon viel gebacken. Du weißt ja, dass ich hier hinten nicht so gut bin«, sagte sie mit einem bedauernden Lächeln.

Backen war nicht Daphnes Beitrag zum Geschäft. »Alles ist fertig. Du solltest genug Vorrat haben, um den Rest des Tages zu überstehen. Wenn nicht, sag einfach, wir sind ausverkauft«, sagte ich mit einem schwachen Lächeln.

»Oder sie könnten einfach gehen«, warf sie ein.

»Darüber machen wir uns später Sorgen. Kümmern wir uns erst mal darum, dass wir nicht ins Gefängnis kommen.«

Ihre Augen verengten sich, als sie wieder ernst wurde und näher an mich herantrat. »Glaubst du, es war eine von ihnen?«

Ich wusste genau, von wem sie sprach, denn ich hatte genau denselben Gedanken gehabt. Ich hasste mich dafür, aber es schien immer einen gemeinsamen Nenner zu geben – meine Mutter und ihre Freundinnen, von denen eine Daphnes Mutter war. Die Mitglieder unseres Zirkels standen irgendwie im Mittelpunkt eines weiteren Verbrechens.

»Ich weiß es nicht, Daphne. Ich will nicht glauben, dass sie irgendetwas damit zu tun haben könnten, aber wir wissen, wie beschützerisch sie sind, wenn es um diese Fabrik geht.«

»Okay, also kümmern wir uns um diese jüngste Krise, und was dann? Werden wir ständig gezwungen sein, diese kleinen Brände zu löschen, wenn wir es am wenigsten erwarten? Warum müssen wir diese blöde Fabrik überhaupt nutzen? Du hast doch eine Versicherung dafür, oder?«

Mir gefiel nicht, worauf sie mit dieser Frage hinauswollte. »Natürlich habe ich eine.«

»Dann lass sie uns bis auf die Grundmauern niederbrennen«, sagte sie sachlich.

Ich lachte, hörte aber schnell auf, als ich merkte, dass sie keinen Witz machte. »Nein! Daphne, denk nicht einmal daran. Wenn diese Fabrik brennt, komme ich zu dir«, warnte ich.

Sie zuckte mit den Schultern. »Ich sag ja nur, es scheint die Wurzel all unserer Probleme zu sein.«

»Man kann doch kein Gebäude für das verantwortlich machen, was Menschen tun.«

»Na gut. Dann mach, was du tun musst. Ich halte hier die Stellung. Sei vorsichtig, Violet. Ich hab so eine Ahnung, dass du schon wieder unter Verdacht geraten wirst.«

»Ich weiß, und das werde ich auch. Ich rufe dich an, wenn ich etwas herausfinde. Danke, Daphne.«

Mit einem Winken schnappte ich mir schnell meine Handtasche und ging.

Mit einem Winken schnappte ich mir schnell meine Handtasche und ging.

KAPITEL ZWEI

»Ist Harold da?«, fragte ich die ältere Dame, die den Empfangstresen im Büro des Sheriffs besetzt hielt.

»Harold!«, brüllte sie.

Sekunden später erschien Harold und bat mich mit einer Geste in sein Büro. Ich folgte ihm, nur ein wenig nervös, schon wieder im Büro des Sheriffs zu sein. Immerhin hatte ich mich inzwischen an ihn gewöhnt.

»Guten Tag, Violet. Ich nehme an, Ihre Mutter hat Sie gefunden?«

»Ich habe mich ja nicht gerade versteckt. Sie wissen doch, wo ich die meiste Zeit bin«, gab ich zu bedenken.

»Nun, ich halte es nicht für angemessen, in Ihr Geschäft zu kommen und Sie im Rahmen einer Mordermittlung zu befragen.«

Ich verdrehte die Augen, bevor ich stumm bis zehn zählte. Harold hatte diese Art an sich, mir das Gefühl zu geben, ich sei schon allein für meine Existenz schuldig. Nachdem ich tief durchgeatmet hatte, richtete ich meinen Blick auf ihn und musterte seine braunen Augen und seinen stämmigen Körperbau. Soweit ich mich erinnern konnte, hatte Harold schon immer eine Glatze gehabt, und sie stand ihm gut.

»Sheriff Smith«, sagte ich und benutzte seinen förmlichen Namen anstatt der vertrauteren Anrede, die wir sonst füreinander hatten, »ich muss wissen, was hier los ist und warum Sie es überhaupt für nötig halten, mich zu befragen.«

Er nickte, lehnte sich in seinem Stuhl zurück und faltete die Hände über seinem Bauch. »Das kann ich mir vorstellen. Sehen Sie, Miss Broussard, es ist so: Ihre Fabrik macht ein paar Probleme. Ein weiterer Mann ist gestorben, und seine Kumpel zeigen mit dem Finger auf die Fabrik.«

»Warum?«

»Tja, das ist eine gute Frage. Irgendwas an der Sache ist faul. Ich habe noch keine handfesten Beweise, aber inoffiziell hat einer der Männer, der den Verstorbenen kannte, gesagt, dass dieser vielleicht in Ihrer Fabrik herumgeschnüffelt hat. Keiner gibt direkt etwas zu, aber ich bin sicher, es ist nur eine Frage der Zeit, bis einer von ihnen einknickt und mir die wahre Geschichte erzählt.«

Ich seufzte. »Har..., Sheriff Smith, es tut mir sehr leid zu hören, dass jemand gestorben ist, aber warum verklagen Sie diese Kerle nicht wegen Hausfriedensbruchs?«

Er zuckte mit den Schultern. »So wie es aussieht, brauche ich mir die Mühe nicht zu machen, sie anzuklagen. Sie scheinen nach einem Besuch dort draußen einfach zu sterben.«

Mir klappte der Mund auf. »Sie wissen, dass das nicht wahr ist!«

»Nein, das weiß ich ganz und gar nicht. Wir warten auf die Autopsie und stehen am Anfang der Ermittlungen. Ich denke, Sie sollten ehrlich sein und mir sagen, was Sie wissen«, sagte er, beugte sich vor und sah mir direkt in die Augen.

»Ich weiß gar nichts! Ich weiß nicht, für wen Sie mich halten, aber ich verspreche Ihnen, meine größten Verbrechen sind, dass ich manchmal etwas zu schnell fahre und etwas zu viel Zucker in meine Rezepte gebe!«

Er sah mich eine gefühlte Ewigkeit lang an, ohne zu blinzeln. »Vielleicht sind es nicht Sie. Vielleicht sind es die Leute, mit denen Sie verkehren.«

Ich schüttelte den Kopf. »Wenn Sie keine konkreten Fragen an mich haben, werde ich jetzt gehen. Mir gefällt nicht, was Sie hier andeuten.«

»Fahren Sie mit mir zur Fabrik«, sagte er.

»Schon wieder? Das letzte Mal, als wir dort waren, haben wir nichts gefunden. Was glauben Sie, diesmal zu finden?«

»Ich weiß es nicht, aber ich habe ein Bauchgefühl, dass diese Fabrik das Zentrum dieses Todesfalls ist. Ich glaube, das wissen Sie auch, weshalb Sie so schnell hierhergekommen sind.«

»Ich bin hierhergekommen, weil ich eine gesetzestreue Bürgerin bin, und als meine Mutter mir sagte, Sie wollten mit mir reden, bin ich hergekommen. Ich habe nichts zu verbergen.«

»Nur ein kurzer Besuch, kommen Sie. Ich will mir den Ort ansehen, aber ich habe noch keinen Durchsuchungsbefehl. Sie könnten es mir leicht machen und mich umsehen lassen. Auf diese Weise könnte ich die Fabrik als Tatort ausschließen und meine Ermittlungen auf andere Bereiche konzentrieren.«

Ich stieß einen langen Seufzer aus. Ich war ziemlich überzeugt, dass es in der Fabrik nichts zu finden gab. Unser geheimer Versammlungsraum war gut getarnt. Es war besser, sich dem Problem direkt zu stellen.

»Na schön. Wann?«

»Jetzt.«

»Natürlich. Ich treffe Sie drüben.«

»Sie können gerne mit mir mitfahren«, sagte er in freundlichem Ton.

»Nein, danke. Ich fahre selbst.«

Ich hatte nicht vor, in sein Fahrzeug zu steigen und ihm ausgeliefert zu sein. Ich war keine Kriminelle. Ich hoffte nur, dass ich dasselbe von meiner Mutter und ihren Freundinnen sagen konnte. Sie machten mich nervös.

Ich folgte dem Sheriff zur Fabrik, ging zur Vordertür und mied den Eingang, den wir für die geheimen Treffen des Zirkels benutzten. Ich hatte zwar nicht allzu viel Vertrauen in Harolds Beobachtungsgabe, aber selbst ein Kind hätte die Fußspuren im Bereich der Tür erkennen können. Die Tür war für ihn unsichtbar, die Fußspuren jedoch nicht. *Wir müssen unsere Besuche besser tarnen*, dachte ich bei mir.

Ich öffnete mit meinen Schlüsseln das riesige Vorhängeschloss und stieß die Tür auf. Staub empfing uns. Das Sonnenlicht fiel durch die hohen Fenster und beleuchtete die in der Luft schwebenden Staubpartikel und die Spinnweben, die in den Ecken hingen. Es erweckte den Eindruck, dass seit einer Weile niemand mehr den Bereich betreten hatte.

»Da wären wir«, sagte ich und breitete die Arme aus. »Sehen Sie sich um. Sagen Sie mir, ob Sie etwas Unheimliches sehen. Der Staub ist brutal, aber ich glaube nicht, dass er für den Tod von irgendjemandem verantwortlich sein könnte.«

Er bedachte mich mit einem unbeeindruckten Blick. Ich zuckte als Antwort mit einer Schulter.

»Letztes Mal, als wir hier waren, sind wir nicht in den Keller gegangen«, verkündete er.

Mein Magen drehte sich um. »Was?«

»Wir haben die oberen Stockwerke überprüft, aber wir waren nie im Keller«, wiederholte er.

Mein Mund fühlte sich trocken an. »Ach, nun ja, da der Mann, der hier gestorben ist, oben war, würde jeder vernünftige Mensch annehmen, dass wir dort suchen müssten.«

Harold stemmte die Hände in die Hüften, sein Blick streifte über den riesigen, offenen Fabrikboden. »Ich will in den Keller sehen. Wenn ich etwas verstecken würde, dann dort.«

Ich nickte. »Okay, aber ich war noch nicht dort unten. Wir werden eine Taschenlampe brauchen«, sagte ich, um Zeit zu schinden.

Er zog eine aus seiner Tasche. »Ich habe immer eine Taschenlampe dabei.«

»Oh gut. Großartig. Die Tür ist da drüben«, sagte ich und deutete auf die Tür bei der Treppe.

Ich blickte zu der Tür, durch die wir unseren geheimen Versammlungsraum betraten und verließen. Der Raum nahm nur einen Bruchteil der Fläche unter der Fabrik ein. Ich hatte keine Ahnung, wie der eigentliche Keller aussah, aber ich hoffte, unser geheimer Bereich wäre nicht mit bloßem Auge zu erkennen. An diesem Punkt musste ich einfach darauf vertrauen. Meine Mutter und ihre Freundinnen, die sich mit ihren Hexenkräften weitaus besser auskannten, hatten mir versichert, dass der Versammlungsraum des Zirkels durch Magie verborgen war und das schon seit Jahrhunderten. Anscheinend befand er sich einst im Keller eines Hauses, das abgerissen wurde, um Platz für die Fabrik zu schaffen, die jetzt hier stand.

Ich hoffte, sie hatten recht.

Harold ging zur Kellertür und stieß sie ohne große Anstrengung auf. »Vielleicht solltest du die abschließen.«

»Vielleicht sollten die Leute einfach nicht einbrechen«, gab ich zurück.

»Trotzdem.«

»An der Vordertür ist ein riesiges Schloss. Wenn ein Eindringling daran vorbeikommt, wird ihn auch kein kleines Türschloss davon abhalten, in den Keller zu gehen, wenn er das will«, wandte ich ein.

Er murmelte etwas, das ich nicht verstand. Ich hatte keine Lust, diesen Punkt mit ihm auszudiskutieren. Es war zwar furchtbar, dass hier ein Mann gestorben war und nun anscheinend jemand starb, nachdem er hier gewesen war, aber das machte Einbrechen immer noch nicht in Ordnung.

Wir stiegen die industrielle Metalltreppe hinab. Der Gestank von Moder und Staub war überwältigend. Ich folgte Harolds Licht und tat mein Bestes, das Geländer nicht zu berühren. Als wir unten ankamen, leuchtete er mit der Taschenlampe umher, deren Strahl von staubigen Flächen zurückgeworfen wurde. Ich konnte Regale mit Kisten sehen, die denen ähnelten, die ich in den oberen Stockwerken gesehen hatte.

»Lager«, sagte ich und sprach das Offensichtliche aus.

Harold begann, sich umzusehen, und ich folgte dem Licht, um nicht allein im Dunkeln gelassen zu werden.

»Ich sehe keine Spinnweben«, stellte er fest.

»Ist das etwas Schlechtes?«, fragte ich verblüfft. Mir persönlich war die Abwesenheit von Spinnweben ganz recht. Der modrige Geruch und die Dunkelheit waren schon beunruhigend genug. Ich brauchte nichts Zusätzliches, um es supergruselig zu machen.

»Diese Ermittler für Übernatürliches haben es wirklich auf diese Fabrik abgesehen. Ich habe ein paar Mal mit George gesprochen. Er ist überzeugt, dass es hier etwas zu finden gibt«, sagte er. Er sprach beiläufig, aber ich spürte, dass er versuchte, mich zu einer Aussage zu bringen.

»Ich wüsste nicht, warum er das denken sollte«, erwiderte ich und bemerkte Kisten, die wahllos auf dem Boden gestapelt waren. Jede sah so aus, als wäre sie durchwühlt worden. Ich folgte Harolds Licht und sah, dass die meisten Kisten ordentlich in den Regalen verstaut und zugeklebt waren.

Ich behielt meine Beobachtung für mich. Falls Harold es bemerkte, erwähnte er es nicht. Ich wollte ihm keinen weiteren Grund geben, die Fabrik gründlich zu durchsuchen, besonders den Keller. Seine Taschenlampe wanderte über den Boden. Ich schnappte nach Luft beim Anblick deutlicher Fußspuren im dichten Staub.

»Was ist los?«, fragte Harold.

Er hatte es nicht bemerkt. Gott sei Dank. »Nichts. Der Staub macht mir zu schaffen. Hast du genug gesehen?«

Er war mehrere lange Sekunden still, während das Licht über die mit Kisten gefüllten Regale tanzte. »Was ist das alles für Zeug?«, fragte er.

»Ich weiß nicht. Ich schätze, altes Produktionsmaterial. Meine Großmutter hat die Fabrik vor Jahrzehnten geschlossen. Vielleicht sollte ich das hier mal durchgehen und sehen, was ich verkaufen kann«, überlegte ich laut.

»Könnte eine gute Idee sein, aber ich bezweifle, dass du irgendetwas von dem Zeug verkaufen kannst«, erwiderte er und ließ die Taschenlampe weiter umherschweifen.

Ich hustete erneut und hoffte, er würde den Wink verstehen. »Ich muss wirklich an die frische Luft.«

»In Ordnung. Möglicherweise muss ich mich hier unten genauer umsehen. Ich werde eine Beleuchtung mitbringen müssen. Mit dieser Taschenlampe sehe ich nicht viel«, sagte er.

Unruhe flatterte in meiner Brust. Ich wusste nicht einmal, was ich außer dem Versammlungsraum des Zirkels verstecken musste, aber die Vorstellung, dass er hier herumschnüffelte, gefiel mir nicht. »Ach ja?«

»Ja.«

Mehr sagte er nicht. Wir waren beide auf der Hut, und ich hatte das Gefühl, dass er mir gegenüber misstrauisch war.

»Es sieht nach nichts weiter als einem Haufen alter Kisten aus. Ich weiß nicht, was du zu finden erwartest. Wenn diese sogenannten

Ermittler für Übernatürliches an der Fabrik interessiert sind, wäre es dann nicht etwas Offensichtlicheres?«, konterte ich.

»Scheint so, als ob die Definition von übernatürlich ist, dass es *nicht* offensichtlich ist. Sie haben spezielle Ausrüstung und so was«, wandte er ein.

Ich tat dumm. »Ausrüstung – wirklich? Davon habe ich hier unten nichts gesehen.«

»Nein, ich schätze, das haben wir nicht. Wir werden sehen müssen, wohin uns die Ermittlungen führen. Sobald wir wissen, wie der junge Mann gestorben ist, können wir unsere Ermittlungen darauf konzentrieren. Dieser George ist zwar ein zwielichtiger Typ, aber ich glaube nicht, dass er seine Freunde absichtlich umbringt.«

Harold wandte sich endlich zum Gehen. Dem herabfallenden Licht folgend, machte ich mich auf den Weg zurück nach oben. Ich mochte den Keller nicht und genoss es definitiv nicht, dort unten mit einem neugierigen Polizisten zu sein. Die ganze Situation machte mich nervös.

»Ich halte nicht viel von George, aber ich mache mir keine Sorgen über irgendetwas Übernatürliches. Ich denke, die Leute glauben, was sie wollen, und das ist in Ordnung. Sollte sich jedoch herausstellen, dass er und seine Freunde wieder in die Fabrik eingedrungen sind, werde ich gegen ihn vorgehen müssen«, sagte ich mit so viel Autorität, wie ich aufbringen konnte.

»Das werden wir noch sehen«, erwiderte Harold.

Ich ging zur Tür und hoffte, Harold würde den Wink verstehen und folgen. Das tat er nicht. Er begann, um die Maschinen im Erdgeschoss herumzulaufen, betrachtete sie sorgfältig, bevor er sich weiter in die Fabrik hineinbewegte.

»Harold?«, rief ich.

Er blieb stehen, drehte sich um und kam zu mir zurück. Ich wartete darauf, dass er mir sagte, was er tat, aber das tat er nie.

»Ich sage dir Bescheid, wenn ich noch einmal Zutritt brauche«, sagte er und ging zu seinem Truck. »In der Zwischenzeit werde ich diesen Ort genau im Auge behalten.«

Ich schluckte den Kloß in meinem Hals hinunter. »Das ist eine hervorragende Idee. Ich würde es begrüßen, wenn du alles tust, um unbefugte Eindringlinge fernzuhalten.«

Er stieg in seinen Truck und fuhr davon. Ich schloss schnell die Tür ab, überprüfte zweimal und ging dann zurück zu meinem Auto. Ich konnte das Gefühl einer bösen Vorahnung, das mich überkam, nicht leugnen. Ich wusste nicht, ob es daran lag, dass ein Mann gestorben war, nachdem er die Fabrik besucht hatte, oder ob es ein Gefühl für bevorstehendes Unheil war. So oder so, es gefiel mir ganz und gar nicht, und ich wollte so weit wie möglich von diesem Ort wegkommen.

KAPITEL DREI

Ein richtiger freier Tag, was für eine Erleichterung! Wir hatten uns angewöhnt, die Bäckerei sonntags zu schließen. Das war unser umsatzschwächster Tag und es machte einfach Sinn. Daphne hatte angerufen und gefragt, ob wir uns auf einen Kaffee treffen könnten. Ich wusste, dass sie wissen wollte, was gestern mit Harold passiert war. Ich hatte ihr eine kurze Nachricht geschickt, um ihr mitzuteilen, dass alles in Ordnung sei, aber ich hätte wissen müssen, dass sie sich damit nicht lange zufriedengeben würde.

Ich wäre am liebsten den ganzen Tag zu Hause herumgelungert, aber sie wollte tratschen, und wir mussten die Ohren offen halten, falls wir irgendwelche neuen Informationen aufschnappen konnten. Das Crooked Coffee war eine wahre Goldgrube für Informationen. Jeder in der Stadt wusste das. Wenn man den neuesten Stadtklatsch erfahren wollte, war das Crooked Coffee der richtige Ort dafür.

Als ich das Café betrat − das praktischerweise direkt mit der Post verbunden war −, konnte ich sehen, dass der Laden brummte. Seit Daphne in der Bäckerei eine Kaffeemaschine hatte installieren lassen, besuchte ich das beliebteste Café der Stadt nicht mehr so oft. Daphne winkte mir zu, und ich bahnte mir meinen Weg zu dem winzigen Tisch in der Ecke, den sie in Beschlag genommen hatte.

»Hier«, sagte sie und reichte mir eine dampfende Tasse Kaffee. »Hier ist ja was los. Meinst du, das liegt daran, dass wir heute geschlossen haben, oder ist das jeden Morgen so und mir ist es nur nie aufgefallen? Wenn das jeden Tag so ist, müssen wir bei unserem Kaffeeangebot echt eine Schippe drauflegen. Die hier machen ein Bombengeschäft.«

Ich zuckte mit den Schultern. »Ich weiß nicht. Ich glaube, es liegt wahrscheinlich daran, dass wir geschlossen haben. Viele von den Leuten sehen aus wie Touristen. Wahrscheinlich sind sie auf dem Weg nach New Orleans und haben nur für einen Kaffee angehalten«, antwortete ich. Obwohl ich Daphnes Enthusiasmus, unser Kaffeeangebot zu verbessern, zu schätzen wusste, konzentrierte ich mich im Moment nicht wirklich darauf. Ich hatte andere Probleme im Kopf.

»Okay, kommen wir zur Sache«, sagte Daphne.

»Hä?«, fragte ich, da ich mit ihrem schnellen Themenwechsel nicht mithalten konnte.

»Erzähl mir, was Harold gesagt hat. Hat er gefragt, ob du etwas weißt? Ist er misstrauisch? Du bist mit ihm zur Fabrik gefahren, also, was ist passiert?«

Ich hob eine Hand, um den Hagel an schnellfeuerartigen Fragen zu stoppen. Ich fragte nicht einmal, woher sie wusste, dass ich zur Fabrik gegangen war, obwohl ich das Gefühl hatte, dass meine Mutter oder eine der anderen Hexen spioniert hatte. Es gab immer jemanden, der zusah, was ich mittlerweile sowohl beunruhigend als auch beruhigend fand.

»Er ist davon überzeugt, dass George und seine Freunde, die übernatürlichen Ermittler, dort drin waren und nach ihren Geistern und Kobolden gesucht haben, oder was auch immer sie zu finden hoffen. Ich wollte nicht hingehen, aber er hat gedroht, einen Durchsuchungsbefehl zu holen.«

»Oh je, er nimmt das wirklich ernst!«

Ich senkte meine Stimme zu einem Flüstern, da ich nicht belauscht werden wollte. »Er wollte in den Keller hinunter.«

Daphne schnappte nach Luft. »Oh nein!«

»Ich glaube aber nicht, dass er von dem geheimen Raum weiß, also

Gott sei Dank dafür«, sagte ich und hielt inne, um einen Schluck von meinem Kaffee zu nehmen.

»Warum sollte er den Keller vorschlagen, wenn er nicht vermutet, dass dort unten etwas ist? Vielleicht hat George irgendwie unseren Raum gefunden oder vermutet, dass er da ist«, sagte sie mit sorgenzerfurchter Stirn.

»Ich glaube nicht. Er wollte sich nur umsehen. Es ist ja nicht so, als hätte er mit der Taschenlampe, die er dabeihatte, viel sehen können. Obwohl er erwähnt hat, dass er eine bessere Beleuchtung mitbringen will. Ich glaube nicht, dass es etwas zu sehen gab. Er greift nach jedem Strohhalm. Der Keller scheint ein ziemlich naheliegender Ort für dubiose Machenschaften zu sein«, scherzte ich.

»Nun, was ich dir zu sagen habe, wird dir nicht gefallen«, sagte sie.

Ich stöhnte. »Du hast noch mehr gehört? Bitte sag mir nicht, dass da unten Folterinstrumente sind.«

»Äh, nicht dass ich wüsste, aber ja, ich habe mehr gehört, und es ist nicht gut. Jedenfalls nicht für uns.«

Ich schluckte meinen Kaffee hinunter. »Rück damit raus.«

»Der junge Harry ist an einem Herzinfarkt gestorben«, begann Daphne.

»Herzinfarkt? Wie alt war er denn?«

»Neunzehn.«

»Oh nein! War er Drogenkonsument? Irgendeine Erbkrankheit? Wenn er an einem Herzinfarkt gestorben ist, warum wird dann überhaupt ermittelt?«, fragte ich verwirrt.

Daphne schüttelte den Kopf. »Nein, das glauben sie nicht. Seine Freundin hat einen riesigen Aufstand gemacht. Sie besteht darauf, dass Harry nie Drogen genommen hat. Sie ist in New Orleans und war eigentlich gar nicht hier, aber das ist das Gerücht. Oh, und seine Familie fliegt morgen aus New York ein. Ich habe das Gefühl, die werden auch ordentlich Staub aufwirbeln. Gerüchten zufolge war er kerngesund, bevor er nach Lemon Bliss kam. Manche Leute sagen sogar, er könnte vergiftet worden sein. Es wird eine formelle Untersuchung durch den staatlichen Gerichtsmediziner geben.«

Ich spürte, wie mir das Blut aus dem Gesicht wich, während eine Million verschiedener Szenarien durch meinen Kopf schossen. »Du glaubst doch nicht, dass er wirklich vergiftet wurde, oder? Wie? Wer würde so etwas tun?«

Daphne seufzte und schüttelte langsam den Kopf. »Ich hoffe, niemand würde das tun. Es ist schrecklich.«

Ich nippte an meinem Kaffee, während ich die Informationen verdaute. Die Tatsachen, dass Harold sich für die Fabrik interessierte und die übernatürlichen Ermittler zugaben, in der Fabrik gewesen zu sein, beunruhigten mich. Ich konnte mich nicht überwinden, die Worte auszusprechen. Es war undenkbar.

»Du glaubst doch nicht, dass unsere Mütter etwas damit zu tun hatten, oder? Würden sie jemanden vergiften, um unser Geheimnis zu schützen?«, flüsterte ich.

»Nein!«, sagte Daphne entschieden. »Violet, wirklich? Das kannst du doch nicht ernsthaft glauben.«

Ich legte den Kopf schief und musterte sie. »Meine Mutter hat mir gesagt, sie würde so ziemlich alles tun, um den Zirkel zu schützen. Vielleicht sollte das Gift ihn nicht töten. Vielleicht wollten sie ihn nur krank machen, und die Sache ist aus dem Ruder gelaufen. Es könnte Lila gewesen sein. Wir wissen, wie ernst sie es mit dem Schutz von uns allen meint.«

Daphne schüttelte den Kopf. »Auf keinen Fall. Ich weigere mich zu glauben, dass eine von ihnen jemals so etwas tun könnte. Sie sind nicht böse. Sie sind ein bisschen verrückt, aber sie würden niemals jemanden wirklich verletzen. Das musst du glauben. Ich weigere mich zu denken, dass sie jemanden verletzen würden. Nur weil sie sich bedroht gefühlt haben, ändert das nichts daran, wer sie sind.«

»Ich möchte glauben, dass es nicht möglich ist, aber meine Mutter hat gesagt, sie hätte die Fabrik beobachtet. Es scheint ein bisschen zu zufällig.«

»Violet, du kennst doch deine Mutter. Ich denke, es ist ein sehr trauriger Zufall. Der Gerichtsmediziner wird wahrscheinlich irgendeine Vorerkrankung finden. Oder vielleicht ergibt ein toxikologisches Gutachten, dass er etwas in seinem Körper hatte, das den Herzinfarkt verursacht hat. Er wäre nicht der Erste, der auswärts mal ein bisschen über die Stränge schlägt. Wir haben doch alle schon mal über die

Stränge geschlagen. Manchmal kann dieser Ausflug für ein paar Unglückliche tödlich enden«, sagte sie mit düsterem Ton.

»Ich bin so traurig, dass er gestorben ist. Ich hoffe nur, dass sich herausstellt, dass alles nur ein schrecklicher Unfall war und nichts mit uns, unseren Müttern oder dieser blöden Fabrik zu tun hat.«

»Wir werden es abwarten müssen«, sagte sie und nippte an ihrem Kaffee. »In der Zwischenzeit werden die Gerüchte wahrscheinlich das Geschäft in der Stadt ankurbeln. Leute, die auf übernatürliches Zeug stehen, werden in die Gegend strömen, um es mit eigenen Augen zu sehen. Es wird nicht lange dauern, bis die Fabrik im Mittelpunkt der Ermittlungen steht und sich noch mehr Geisterjäger dafür interessieren werden. Wir sollten über das zunehmende Geschäft in der Bäckerei nachdenken. Vielleicht ist dieses Geisterjäger-Geschäft ja gar nicht so schlecht.«

Ich starrte sie entsetzt an. »Meine Güte, Daphne!«

»Es ist schrecklich, dass Harry einen Herzinfarkt hatte, aber ich meine ja nur«, sagte sie verlegen.

»Ugh. Ich sollte besser herausfinden, wie ich die Fabrik gut und sicher abschließen kann. Wenn sie tatsächlich in der Fabrik waren, würde ich gerne wissen, wie sie reingekommen sind. Das Schloss an der Vordertür war noch intakt. Es sah nicht so aus, als hätte sich jemand daran zu schaffen gemacht. Ich will dort keine weiteren Tode, weder durch einen Unfall noch auf andere Weise.«

»Vielleicht kann Gabriel helfen?«, schlug sie vor. »Bitte ihn, sich umzusehen und alles zu sichern. Du könntest auch über eine Alarmanlage nachdenken.«

»Ich werde mit ihm darüber reden. Ich muss etwas unternehmen. Das kann nicht so weitergehen. Meine Nerven machen das nicht mit.«

»Du hast gesagt, Harold hat versprochen, zusätzliche Patrouillen zu fahren?«

»Ja.«

»Das könnte ein Problem werden.«

»Wieso? Es hält die Leute davon ab, ständig einzubrechen, oder zumindest wissen wir dann, dass sie drin sind, und können sie verscheuchen.«

Sie nickte langsam. »Ja, aber was ist, wenn ein Deputy eine von uns dort reingehen sieht? Wir können dort keine Zirkeltreffen abhalten, solange der Ort verstärkt überwacht wird. Das würde ihn definitiv misstrauisch machen.«

Ich seufzte. »Du hast recht. Ich werde es auf jeden Fall meiner Mutter sagen. Sie kann es den anderen ausrichten. Ich habe allerdings das Gefühl, dass es sie nicht abschrecken wird. Sie hat mir erzählt, dass sie den Ort im Auge behalten und gewusst haben, dass diese Ermittler eingebrochen sind.«

»Warum haben sie es uns nicht gesagt?«, fragte sie, ihr Frust war offensichtlich.

»Weil sie uns beschützen wollten. Sie wollten uns nicht stören, da wir in der Bäckerei so beschäftigt waren«, sagte ich mit Sarkasmus in der Stimme.

»Das ist lächerlich. Hätten wir es gewusst, hätten wir etwas proaktiver sein können.«

»Da stimme ich dir zu. Ich habe Fußspuren im Keller gesehen«, platzte ich heraus.

Ihre Augen weiteten sich. »Was? Warum hast du nicht damit angefangen? Waren sie in der Nähe von unserem Raum?«

»Ich weiß nicht. Ich wollte keine Aufmerksamkeit auf den Bereich lenken. Wir sind in der Nähe der Treppe geblieben und nicht viel weitergegangen. Vielleicht sollten wir zurückgehen?«, schlug ich vor.

»Auf keinen Fall! Ich gehe nicht in irgendeinen gruseligen Keller, schon gar nicht, wenn dort irgendein Gift lauert. Du spinnst ja«, sagte sie.

Ich kicherte. »Ich glaube nicht, dass man vor etwas anderem Angst haben muss als vor eimerweise Staub. Ich war schon unten und fühle mich gut.«

»Wir können da nicht reingehen, Violet. Was ist, wenn Harold uns sieht?«

»Es ist mein Gebäude.«

Sie schüttelte den Kopf. »Ich will da wirklich nicht reingehen. Diese Fabrik hat mich schon immer nervös gemacht. Der einzige Grund, warum ich jemals dorthin gehe, sind die Zirkeltreffen. Ich finde nicht, dass es ein lustiger Treffpunkt ist. Ich mag zwar eine Hexe sein, aber ich mag wirklich keine gruseligen Sachen. Bin ich ein totaler Widerspruch?«

Ich kicherte. »Ich glaube nicht. Nicht in der heutigen Zeit. Die Hexen von heute sind alle Liebe und Licht, nichts mit dunklen Kesseln und so weiter.«

»Ich gehe trotzdem nicht.«

»Schon gut, du musst nicht mitkommen. Ich werde dich nicht unter Druck setzen.«

»Vielleicht kann Gabriel mit George reden?«, schlug Daphne vor.

Ich lachte. »Ich glaube nicht, dass das funktionieren wird. Sie sind nicht wirklich als Freunde auseinandergegangen, nachdem er ihn das letzte Mal gesehen hat. Wusstest du überhaupt, dass George noch in der Stadt ist? Ich dachte, er wäre abgereist. Ich schätze, ich habe nicht wirklich darauf geachtet, was so passiert.«

»Du hast ein boomendes neues Geschäft und einen heißen Freund. Du musst dir keine Sorgen machen, wer was tut«, sagte sie mit einem Schulterzucken.

»Danke. Ich habe das Gefühl, meine Mutter hält mich für ein zartes Blümchen. Du auch. Sie sagte tatsächlich, sie wollten uns nicht stören. Wenn sich herausstellt, dass er in der Fabrik vergiftet wurde, werde ich mich schrecklich fühlen.«

»Machen wir uns darüber noch keine Sorgen. Eins nach dem anderen. Die Dinge sind nie genau so, wie sie scheinen.«

Ich stieß einen langen Seufzer aus. »Ich hoffe es. Wir haben ein paar langweilige Monate verdient.«

Sie fing an zu kichern. »Und wenn uns langweilig wird, wirst du diese Tage vermissen.«

»Ha! Das bezweifle ich.«

Sie zwinkerte. »Das werden wir ja sehen. Du musst zugeben, dass all dieser übernatürliche Kram die Sache interessant macht.«

KAPITEL VIER

Ich hätte es besser wissen müssen. Ehrlich, das hatte ich, aber das hielt mich nicht davon ab, es trotzdem zu tun. Daphne übernahm die Schicht in der Bäckerei, was bedeutete, dass ich etwas Freizeit hatte. Letzte Nacht hatte ich nicht schlafen können. Alles, woran ich denken konnte, war ein junger Mann, der starb, nachdem er sich in die Fabrik geschlichen hatte. Die Worte meiner Mutter hallten mir durch den Kopf und wiederholten sich immer und immer wieder. Es würde mich verrückt machen, wenn ich nicht selbst nachsehen würde. Ich musste wissen, womit ich es zu tun hatte.

Ein riesiges Problem war, dass ich befürchtete, niemandem trauen zu können – nicht vollständig. Jeder schien seine eigenen Pläne zu verfolgen, wenn es darum ging, den Zirkel und unser kleines Geheimnis zu schützen. Wie sich herausstellte, war es gar nicht so klein. Unser Geheimnis könnte eine Vergangenheit aufdecken, die Familien für immer entzweien würde. Ich konnte das Familienge-heimnis schützen, aber ich konnte keinen Mörder schützen.

Nachdem ich mir die ganze Nacht den Kopf darüber zerbrochen hatte, was ich tun sollte, stieg ich schließlich aus dem Bett und zog eine alte Jeans, ein T-Shirt und ein Paar feste Turnschuhe an. Ich musste ein paar Nachforschungen anstellen. Ich fuhr zur Fabrik und parkte direkt davor, für jedermann gut sichtbar. Sollten Harold oder einer seiner Deputies zufällig mein Auto sehen, könnte ich meine Anwesenheit leicht erklären. Ich wollte nicht, dass es so aussah, als würde ich herumschleichen oder versuchen, mich zu verstecken.

Mit meiner großen Taschenlampe in der Hand ging ich auf die Tür zu, die zur Treppe in den Keller führte. Es war unheimlich, daran bestand kein Zweifel, aber ich machte mir keine Sorgen um Geister oder andere übernatürliche Kreaturen. Mehr Sorgen machte ich mir um die menschliche Sorte.

Ich knipste die Taschenlampe an und folgte dem hellen Lichtstrahl die Treppe hinunter, ließ ihn über den Boden und dann nach oben schweifen.

Entspann dich, Violet. Hier ist niemand, sagte ich mir, als ich glaubte, ein Geräusch gehört zu haben.

Das war alles nur Einbildung. Das musste es sein. Die Tür war verschlossen gewesen, also konnte niemand hineingekommen sein. Ich ging tiefer in den Keller, überprüfte die Regale und warf einen Blick in die offenen Kisten. Ich fand nichts, was gefährlich oder auch nur annähernd aufregend aussah.

»Das ist dumm«, murmelte ich und machte mich auf den Rückweg.

Aus einer Laune heraus beschloss ich, unseren geheimen Treffpunkt zu inspizieren. Ich wusste, dass es gefährlich war, besonders wenn mich jemand beobachtete, aber ich wollte sehen, ob es irgendwelche Anzeichen dafür gab, dass sich jemand daran zu schaffen gemacht hatte. Wie das aussehen würde, wusste ich nicht, aber ich musste es mit eigenen Augen sehen.

Ich knipste meine Taschenlampe aus und begann den Marsch über den Fabrikboden, wobei ich um die schweren Maschinen herumlief.

Ein lila Aufblitzen in meinem Augenwinkel ließ mich zusammenzucken und beinahe aufschreien. Ich wirbelte herum, meine Taschenlampe zum Angriff bereit.

»Lila! Was machst du denn hier?«, rief ich.

»Was machst du denn hier?«, schoss sie zurück und presste eine Hand auf ihre Brust.

»Du hast mich erschreckt! Niemand sollte hier sein. Bist du von Sinnen?«, kreischte ich.

»Entspann dich. Beruhige dich«, sagte sie und atmete mehrmals tief durch.

Ich senkte meine Taschenlampe. »Lila, du kannst nicht hier sein.«

»Ich weiß, ich weiß, aber ich wollte nach dem Rechten sehen. Niemand hat mich reinkommen sehen.«

»Woher willst du das wissen?«, fragte ich. »Bist du zu Fuß hierhergekommen? Wo ist dein Auto?«

»Mein Auto steht hinten.«

Ich stöhnte. »Großartig, das wird bestimmt nicht verdächtig aussehen. Wenn Harold vorbeifährt und dein Auto an der Hintertür sieht, wird er das ganz und gar nicht seltsam finden«, sagte ich mit einem Augenrollen.

Sie winkte mit einer Hand in der Luft ab und tat meine Bedenken beiseite. »Glaub mir, meine Liebe, er wird mein Auto nicht sehen.«

Ich verdrehte die Augen. »Magie?«

Als Antwort zwinkerte sie mir zu.

»Toll. Also, warum bist du hier?«, fragte ich sie erneut.

»Nun, ich habe die Gerüchte gehört und wollte sichergehen, dass wir in Sicherheit sind. Außerdem wollte ich sicherstellen, dass keiner dieser Ermittler herumschnüffelt. Du musst wirklich einen Weg finden, diesen Ort zu sichern, meine Liebe«, dozierte sie.

Ich unterdrückte den Drang zu schreien, dass es Leute wie sie waren, die immer wieder einbrachen. »Ich weiß nicht, wo sie reinkommen. Genau deshalb bin ich hier.«

Sie nickte. »Nun, es muss eines dieser Fenster sein. Die Türen sind bombenfest verschlossen.«

Ich nickte zustimmend. »Ich werde dann mal alle unteren Fenster überprüfen. Die lassen sich doch alle öffnen, oder?«

Sie zuckte mit den Schultern. »Ich weiß nicht, Liebes. Ich habe nie in der Fabrik gearbeitet.«

Wir gingen zur Wand und begannen, jedes einzelne Flügelfenster zu überprüfen.

»Schau!«, sagte ich und zeigte auf eines der Fenster. Es war einen

Spaltbreit geöffnet. Unter dem Fenster stand ein Schreibtisch an die Wand geschoben.

Lila untersuchte den Schreibtisch. »Nun, ich glaube, du hast den Einstiegspunkt gefunden. Schau dir diese Fußspuren an. Es sieht aus, als hätten sie hier oben einen Two-Step getanzt.«

»Ich werde es abschließen, aber ich schätze, ich muss mir etwas Dauerhafteres ausdenken. Wir sollten besser die restlichen Fenster überprüfen.«

Wir gingen weiter und suchten nach Anzeichen dafür, dass die anderen Fenster als Zugangspunkte benutzt worden waren. Wir fanden nichts Verdächtiges. Wir standen vor der Tür, die zu unserem geheimen Versammlungsraum führte. Es war eine normale Tür, die wir sehen konnten, aber niemand außerhalb unseres Zirkels. Sie würden stattdessen eine Wand sehen.

»Können sie den Knauf fühlen?«, fragte ich, während meine Gedanken rasten.

»Was?«, fragte Lila mit verwirrtem Gesichtsausdruck.

»Wenn diese Ermittler mit ihren Händen an der Wand entlangfahren würden, könnten sie dann den Türgriff spüren?«, fragte ich mit rasendem Herzen.

Lilas Blick wanderte zur Seite, bevor sie seufzte. »Er ist durch Magie geschützt, aber jemand mit Kräften könnte vielleicht entdecken, dass der Raum hier ist. Es ist eine sehr geringe Möglichkeit.«

Großartig, einfach großartig.

Sie streckte die Hand aus und öffnete die Tür. Wir eilten die Treppe hinunter und in den geheimen Raum.

»Ich sehe nichts, was fehl am Platz wäre«, sagte ich, knipste das Licht an und überflog den kleinen Raum.

Lila ging langsam umher, betrachtete die Sofas und Stühle, bevor sie in den behelfsmäßigen Küchenbereich ging, in dem wir Zaubersprüche übten.

»Lila?«, fragte ich besorgt, als sie nichts sagte.

Ich wartete, während sie sich im Raum bewegte, bevor sie in den hinteren Teil des Raumes ging. Ich nahm an, sie benutzte ihre Sinne, um zu sehen, ob sie die Anwesenheit eines Fremden spüren konnte.

»Ich glaube nicht, dass jemand diesen Raum gefunden hat«, sagte sie schließlich.

Ich atmete erleichtert auf. »Gut. Wir müssen uns überlegen, wie wir diesen Ort sicherer machen können.«

Sie musterte mich. »Die Wahrscheinlichkeit, dass ihn jemand findet, ist extrem gering. Man müsste schon über Kräfte verfügen.«

Selbst dieser Hauch einer Möglichkeit schien zu riskant. Eine Schwachstelle, die wir uns nicht leisten konnten.

Sie ließ sich auf eines der Sofas fallen und lehnte den Kopf zurück.

»Was machst du da? Wir müssen hier raus, falls Harold mein Auto sieht und nach mir sucht. Ich habe die Vordertür nicht abgeschlossen.«

»Oh, Harold. Ich vermisse diesen Mann wirklich«, sagte sie mit leicht atemlosem Ton.

Ich ließ mich neben ihr auf die Couch sinken und sah sie von der Seite an. »Das tut mir leid, Lila. Ich weiß, du magst ihn sehr.«

Sie schenkte mir ein sanftes Lächeln, ihr Blick war verträumt. »Das tue ich. Schon immer. Er scheint mich nur nie wirklich wahrzunehmen. Er sieht eine exzentrische Frau, die er nie ernst nehmen könnte.«

Ich grinste. »Er hat dich ziemlich ernst genommen, als er unter dem Zauber stand.«

»Das war alles sehr schön, aber es war nicht natürlich.«

»Du sagtest, der Zauber wäre nicht so wirksam gewesen, wenn da nicht schon ein bisschen was gewesen wäre, das ihm auf die Sprünge geholfen hat. Der Zauber hat nur verstärkt, was ihr füreinander empfunden habt. Er hat die Barrieren niedergerissen, die wir alle um unsere Herzen errichten«, sagte ich zu ihr und meinte jedes Wort. Plötzlich war ich für die Romanze von Lila und Harold Feuer und Flamme. Sweet Tea, was dachte ich mir nur dabei?

»Er ist ein guter Mann, auch wenn er immer versucht, uns auffliegen zu lassen«, sagte sie mit einem Augenzwinkern.

Ich lachte. »Stimmt. Warum wirkst du nicht noch einen Zauber?«

»Nein! Das könnte ich nicht tun«, protestierte sie.

»Warum nicht? Gibt es eine leichtere Version? Ein Zauber, der ihm einfach nur hilft, dich als die zu sehen, die du bist, und ihn daran erinnert, was er an dir mag?«

Sie schüttelte den Kopf. »Ich weiß es nicht, aber ich weiß, dass ich nicht will, dass er sich aufgrund eines Zaubers in mich verliebt. Wenn er mich nicht ohne magische Scheuklappen sehen und lieben kann, so wie ich bin, dann will ich ihn nicht.«

»Er braucht nur einen kleinen Schubs in die richtige Richtung«, entgegnete ich.

Als sie wieder zu mir blickte, konnte ich den Glanz von Tränen in ihren Augen sehen. »Dieser Schubs muss von innen kommen. Ich bin mir nicht zu schade, unverschämt mit ihm zu flirten oder ihn mit süßen Leckereien zu umgarnen, aber ich werde keine Magie einsetzen. Wir alle haben gelernt, dass Magie nicht die Antwort ist, wenn es um die Liebe geht. Du hast es bei Gabriel richtig gemacht.«

»Was meinst du?«

»Er hat sich in dich und für dich verliebt. Er stand nicht unter einem Zauber oder war behext. Er hat dich an jenem Tag im Postamt gesehen und war sofort von dir angetan.«

Ich war mir nicht so sicher, ob Gabriel schon in mich verliebt war, aber das war nicht ihr Punkt. »Vielleicht, aber er wusste über Magie und Hexen Bescheid. Er hatte keine Vorurteile mir gegenüber. Ich glaube, das ist das Problem mit Harold. Er schon.«

»Genau das ist unser Problem, denn die meisten Leute haben welche. Die meisten Hexen sind dazu bestimmt, allein zu sein, wie die vor uns. Das ist der Fluch, eine Hexe zu sein.«

Mein Herz zog sich zusammen, als ich sie so verzagt klingen hörte. »Ich hoffe, das ist nicht der Fall. Wenn doch, bedeutet das, dass es mit Gabriel und mir nicht klappen wird. Ich bin noch nicht so weit zu sagen, dass er in mich verliebt ist, aber ich möchte lieber nicht denken, dass wir von vornherein keine Chance haben.«

Sie lächelte und legte eine Hand auf mein Knie. »Gabriel ist anders. Ihr beide könntet es schaffen. Er versteht, wer du bist, und hat kein Problem damit. Das macht den ganzen Unterschied.«

»Ich hoffe es. Ich bin sicher, es gibt da draußen Männer, die bereit sind, dich so zu akzeptieren, wie du bist. Es wird nur ein wenig Arbeit erfordern, sie zu finden. Vielleicht brauchen wir eine Dating-Seite für magische Singles.«

Sie warf den Kopf in den Nacken und lachte. »Ja, die brauchen wir. Trag mich ein.«

»Es wird schon alles gut werden, Lila. Ich weiß es einfach. Du musst Harold dazu bringen, dich als die wunderschöne, lustige und leicht exzentrische Frau zu sehen, die du bist.«

Sie seufzte. »Wenn es nur so einfach wäre. Der Mann scheint blind zu sein, wenn es um mich geht. Es ist, als ob er direkt durch mich hindurchsieht.«

»Sorg dafür, dass er dich sieht. Hast du versucht, ihm zu sagen, wie du fühlst?«

Sie sah mich entsetzt an. »Um Himmels willen, nein! Bist du verrückt?«

Ich lachte. »Wahrscheinlich ein bisschen. Schau dir doch an, mit wem ich mich abgebe.«

Sie warf mir einen spielerisch bösen Blick zu. »Das werde ich deiner Mutter erzählen.«

»Wir sollten wahrscheinlich gehen. Dein Auto mag getarnt sein, aber meins steht ganz offen da.«

Als sie nickte, standen wir gemeinsam auf und gingen hinaus. Auf dem Treppenabsatz hielten wir inne und vergewisserten uns, dass wir niemanden hinter der Tür hörten.

»Die Luft ist rein«, flüsterte ich.

»Wenn die Luft rein ist, warum flüsterst du dann?«, flüsterte Lila zurück.

Ich brach in Gelächter aus. »Ich weiß nicht. Ich fühle mich immer so, als würde ich etwas Verbotenes tun, wenn ich hier bin.«

»Pass auf dich auf, meine Liebe. Mach dir keine Sorgen um diese alte Fabrik. Wir werden alle ein Auge darauf haben. Wir werden nicht zulassen, dass jemand unser Geheimnis aufdeckt«, sagte sie und machte sich auf den Weg zur Hintertür der Fabrik.

Mit einem Winken ging ich über den Fabrikboden zur Vordertür. Das war das Problem. Ihr Versprechen war es, was mir Angst machte. Ich machte mir Sorgen, wie weit diese Ermittler für Übernatürliches gehen würden.

Während ich wegfuhr, wanderten meine Gedanken zurück zu Lila. Sie wirkte einsam. Wenn es nur einen Weg gäbe, ihre Einsamkeit zu lindern.

»Nein!«, unterbrach ich meinen Gedankengang.

Sweet Tea, ich dachte ja schon genau wie sie. Es war die Magie. Kräfte zu haben, um diese Magie zu nutzen, konnte Menschen dazu bringen, ziemlich verrückte Dinge zu tun. Ich musste mich im Zaum halten. Ich wollte nicht bei jedem Problem, das sich mir in den Weg stellte, meinen sprichwörtlichen Zauberstab schwingen. Der Rest der Bevölkerung wurschtelte sich so durch, das konnte ich auch.

KAPITEL FÜNF

Der Tag war wie im Flug vergangen, und wie üblich hatte ich mich in der Bäckerei wiedergefunden, obwohl es mein freier Tag war. Ich hatte Daphne von dem offenen Fenster, das wir entdeckt hatten, und von meinem Gespräch mit Lila erzählt. Daphne war sofort dabei und wollte helfen, Harold und Lila wieder zusammenzubringen. Wir lehnten am vorderen Tresen und nippten an Kaffee aus Daphnes heiß geliebter, schicker Kaffeemaschine.

Mit einem Seufzer richtete ich mich auf. »Ich sollte besser los. Gabriel will mich um fünf abholen. Wir gehen zum Abendessen ins Ruby Red.«

»Ooh, wie schick«, sagte sie und wackelte mit den Augenbrauen.

Ich kicherte. »Ja, so schick, wie das Ruby Red eben sein kann. Wir sehen uns morgen«, sagte ich mit einem Winken, als ich ging.

Ich schaffte es mit kaum genug Zeit für eine schnelle Dusche nach Hause. Gabriel klopfte, gerade als ich in meine Schuhe schlüpfte.

»Du siehst wunderschön aus«, sagte er, sobald ich die Tür öffnete.

Ich lächelte. »Du siehst auch nicht schlecht aus. Du kannst dich echt sehen lassen, wenn du dich mal herausputzt«, neckte ich ihn.

Er schenkte mir ein breites Lächeln und beugte seinen Kopf herunter, um meine Lippen mit einem Kuss zu berühren. »Bereit?«

»Jep, ich hole nur schnell meine Handtasche.«

Ich vergewisserte mich, dass sowohl die Hinter- als auch die Vordertür abgeschlossen waren, bevor wir gingen. Früher hatte das nie so wichtig geschienen, aber angesichts der jüngsten Ereignisse wollte ich kein Risiko eingehen. Wenn diese Ermittler herumschnüffelten, könnten sie wegen meiner Verbindung zur Fabrik auf die Idee kommen, dass ich Teil dieser übernatürlichen Angelegenheit war. Ich durfte nichts riskieren.

Vor allem, da ich tatsächlich mit übernatürlichen Kräften ausgestattet war. Hin und wieder verblüffte mich diese Tatsache immer noch.

Ich war froh, dass wir zum Abendessen die Stadt verließen. Manchmal war es schwierig, in der Stadt zu sein. Jeder kannte jeden, und wenn es großen Klatsch gab, so wie jetzt, war es schwer, einen Moment Ruhe zu finden. Ich wollte mich entspannen und das Abendessen mit meinem Freund genießen; nicht zwanzig Fragen über die Fabrik beantworten und was ich möglicherweise über den Herzinfarkt des armen Harry wusste oder nicht wusste.

Nachdem wir Platz genommen und unsere Getränke bekommen hatten, lehnte ich mich in meinem Stuhl zurück und sah zu Gabriel hinüber. Mit seinem sandfarbenen Haar und den blauen Augen war er eine Augenweide, wie meine Mutter sagen würde.

»Ich habe heute Nachmittag Harold getroffen«, bemerkte er.

Ich seufzte. Ich hatte gehofft, all das vergessen zu können, aber es sollte wohl nicht sein. »Und, was hatte er zu sagen?«

»Der Gerichtsmediziner hat bereits eine Todesursache.«

Meine Augen weiteten sich, und mir rutschte das Herz in die Hose. »Hat er?«

Gabriel nickte. An seiner Art, wie er herumdruckste, konnte ich erkennen, dass die Nachrichten nicht gut waren. Ich bereitete mich mental vor.

»Es sind keine guten Nachrichten, Violet.«

Ich stieß den Atem aus, den ich angehalten hatte. »Du wirst mir jetzt nicht erzählen, dass er eine Überdosis hatte oder irgendeinen angeborenen Herzfehler, oder?«

»Nein.«

Ich atmete tief durch. »Sag schon.«

»Es war eine Akonitvergiftung.«

Ich starrte ihn an und wartete darauf, dass er etwas Wichtiges sagte. »Was? Was ist Akonit?«, fragte ich, völlig verwirrt, warum diese Information von Belang sein sollte.

»Akonit wird manchmal auch Eisenhut genannt«, sagte er.

Ich hatte immer noch keine Ahnung, warum das Zeug von Bedeutung war. »Gabriel, ich weiß auch nicht, was das ist«, sagte ich und schüttelte langsam den Kopf.

»Es ist eine Zutat, die früher in der Hexerei sehr verbreitet war. Vielleicht ist sie es immer noch. Ich weiß, dass meine Mutter etwas davon hatte, weshalb ich weiß, dass man damit niemals herumspielen sollte. Es ist giftig.«

Das löste meine Verwirrung schlagartig auf. »Oh nein«, hauchte ich.

Er nickte. »Genau. Ich weiß nicht, ob die Damen es heute noch verwenden, aber vor ein paar Jahrhunderten war es beliebt. Ich weiß wenig über die Hexenkunst, aber ich weiß, dass sie von Traditionen und Ritualen durchdrungen ist. Ich kann mir nicht vorstellen, dass es eine andere Zutat gibt, die das Zeug ersetzen kann, was bedeutet, dass es für bestimmte Zauber und Tränke immer noch benötigt würde.«

»Du denkst also, die Hexen haben Akonit und dieser Junge hat es irgendwie in die Finger bekommen?«

Er zuckte mit den Schultern.

»Auf keinen Fall, Gabriel!«

»Violet, wir wissen beide, wie ernst es ihnen ist, ihr Geheimnis zu schützen«, sagte er mit gedämpfter Stimme.

Ich schüttelte den Kopf. »Ich kann nicht glauben, dass eine von ihnen absichtlich jemanden vergiften würde, geschweige denn einen neunzehnjährigen Jungen.«

»Vielleicht war es nicht für ihn bestimmt. Vielleicht war es für George bestimmt.«

Mir wurde hundeelend. Jede Chance auf ein schönes Abendessen war dahin.

»Das kann ich nicht glauben, Gabriel. Ich weigere mich, das zu glauben.«

Schon während ich die Worte aussprach, ratterte es in meinem

Kopf. Denn ich hatte dieselben Ahnungen gehabt. Ich konnte aber einfach nicht glauben, dass meine Mutter und ihre Freundinnen versuchen würden, jemandem zu schaden.

Er zuckte mit den Schultern. »Ich will es auch nicht glauben, aber das Zeug kam von irgendwoher. Es ist nicht alltäglich. Ich bezweifle, dass er die Pflanze einfach gepflückt und gegessen hat. Jemand muss ihm etwas untergeschoben haben. Es gibt keine andere Erklärung.«

»Gabriel, du kannst doch nicht glauben, dass jemand, den wir kennen, so etwas jemals tun würde. Das ist ein schrecklicher Gedanke!«

»Ich hoffe nicht, aber ich denke, du solltest dir dessen bewusst sein. Es besteht eine gute Chance, dass es eine Untersuchung geben wird, und die wird ernst.«

»Toll, einfach toll. Na, ich kann es kaum erwarten zu sehen, was uns bevorsteht. Was für ein Schlamassel«, grummelte ich.

Der Kellner erschien an unserem Tisch und beendete jedes Gespräch über Tod und Gift. Wir schafften es, den Rest des Essens zu überstehen, ohne über Hexen zu sprechen und was uns zu Hause erwartete.

»Ich habe heute Abend eine Versammlung«, sagte ich und wandte mich an Gabriel, als er vor meinem Haus anhielt.

Er nickte. »Ich weiß. Tante Coral hat mich gewarnt, dass ich dich nicht zu lange aufhalten darf«, sagte er und seine Lippen zuckten.

Ich verdrehte die Augen. »Toll, ich habe nicht nur eine Mutter. Ich habe vier.«

»Ich komme morgen Abend nach der Arbeit vorbei, vorausgesetzt, du hast nicht wieder eine Notfallsitzung.«

Ich gab ihm einen schnellen Kuss und sprang aus seinem Truck. Drinnen zog ich mir bequemere Kleidung an, bevor ich zum Haus meiner Mom ging. Wir konnten nicht in die Fabrik gehen. Das war im Moment einfach zu riskant. Das heutige Treffen fand unter dem Deckmantel einer Kerzenparty statt, die meine Mutter veranstaltete. Es würde zwar Kerzen geben, aber nicht die trendige Sorte, nach der sich die Leute rissen.

Als ich am Haus ankam, waren alle anderen schon da. Meine Mutter hatte eine Kiste mit Kerzen herausgeholt, ebenso wie Erfrischungen. Ich zog fragend eine Augenbraue hoch, als ich den Anblick auf mich wirken ließ. »Was soll das alles?«

»Nur für den Fall, dass jemand vorbeikommt, muss es so aussehen, als hätten wir tatsächlich eine Kerzenparty.«

»Bekommst du normalerweise so spät in der Nacht noch Besuch?«

»Sei nicht schnippisch, Violet. Wir können es uns nicht leisten, noch mehr Verdacht zu erregen. Wir haben schon genug Probleme.«

Ich setzte mich und wartete darauf, dass jemand etwas sagte. Als sich das Gespräch um ein neues Rezept drehte, das Coral gerade ausprobierte, räusperte ich mich und stand auf. Mir war nicht nach Geplauder zumute.

»Gabriel sagt, der Bericht des Gerichtsmediziners ist da.«

Diese Nachricht brachte den Raum zum Schweigen und alle drehten sich zu mir um. »Und?«, fragte Magnolia.

»Und laut dem Gerichtsmediziner ist Harry an einer Akonitvergiftung gestorben.«

Ich ließ meine Bombe platzen und wartete. Daphne sah mich an. Mir wurde klar, dass sie, genau wie ich anfangs, wahrscheinlich keine Ahnung hatte, was Akonit war.

»Akonit? Eisenhut?«, flüsterte Lila.

Ich nickte. »Das hat Gabriel gesagt. Ich bin sicher, wir werden in den kommenden Tagen mehr erfahren. Habt ihr schon mal von dem Zeug gehört?«

Das Schweigen war vielsagend.

Nach mehreren Momenten totenstiller Stille räusperte sich meine Mutter. Sie war meistens das Sprachrohr des Zirkels. »Natürlich haben wir davon gehört.«

»Und?«

»Und was?«, schoss sie zurück.

»Benutzt ihr es?«

»Wir haben es in der Vergangenheit benutzt«, antwortete Coral. »Es ist eine sehr gebräuchliche Zutat in einer Vielzahl von Tränken, aber es wird auch medizinisch verwendet. Unsere Vorfahren waren ausgezeichnete Heilerinnen. Sie nutzten natürliche Zutaten, um verschiedene Leiden zu heilen. Es wird heute noch in einigen homöopathischen Mitteln verwendet.«

Als ich mich im Raum umsah, spürte ich nichts Verdächtiges. Sie nickten alle zustimmend zu dem, was Coral sagte.

»Wusstet ihr, dass es giftig ist?«, fragte ich.

Diesmal war die Stille ohrenbetäubend.

»Mom?«, fragte ich, fing ihren Blick auf und betete, sie würde einen Grund nennen, warum ich sie nicht verdächtigen sollte.

»Natürlich wissen wir, dass es giftig sein kann, wenn es nicht richtig verwendet wird. Das bedeutet aber nicht, dass wir irgendetwas damit zu tun hatten«, sagte sie bestimmt.

Magnolia und Coral sahen besorgt aus, aber Lila wirkte wütend.

»Lila?«, fragte ich und wunderte mich, warum sie wütend statt beunruhigt sein sollte.

»Diese Männer. Warum lassen sie nicht einfach alles in Ruhe? Alles, was sie tun, ist, Ärger zu machen. Sie haben in der Fabrik nichts zu suchen«, sagte sie mit geröteten Wangen.

Wie erwartet, schaltete sich meine Mutter ein. »Lila, wir dürfen uns davon nicht stören lassen. Sie sind neugierig. Diese Amateur-Geisterjägersendungen sind heutzutage der letzte Schrei. Sobald sie merken, dass es nichts zu finden gibt, werden sie weiterziehen.«

»Was, wenn sie es nicht tun? Wir warten seit Monaten! Wir warten immer weiter darauf, dass George das Interesse verliert. Tja, das passiert nicht. Er ist faszinierter denn je. Er hat sogar noch mehr Leute hergebracht, und das mit tragischem Ergebnis!«

»Entspann dich, Lila. Wir haben herausgefunden, wo sie in die Fabrik eindringen. Ich werde Gabriel fragen, ob er mir helfen kann, diese Fenster zu vernageln, um weiteres unbefugtes Betreten zu verhindern. Sobald sie nicht mehr in die Fabrik kommen, werden sie weiterziehen. Die Fabrik ist nur attraktiv, weil sie alt und riesig ist. Für sie ist das wie ein Geisterhaus«, sagte ich, in der Hoffnung, ihre Sorgen zu lindern.

»Tja, es ist unhöflich von ihnen zu denken, dass es in Ordnung ist, fremdes Eigentum zu betreten«, gab sie zurück.

Ich kicherte. Technisch gesehen gehörte das Gebäude mir und sie betraten mein Grundstück unbefugt. Ja, der Zirkel hatte einen Versammlungsraum im Keller, aber es war immer noch mein Gebäude. Wenn jemand so beleidigt sein sollte, dann hätte ich es sein müssen.

»Entspann dich, Lila. Wir haben nichts zu befürchten. Ihr benutzt das Zeug doch nicht mehr, oder?«, fragte ich.

Die Frauen warfen sich gegenseitig Blicke zu.

»Mom?«, fragte ich und befürchtete das Schlimmste.

»Nein, Liebes. Wir benutzen es nicht.«

Ich sah sie an und versuchte, sie zu durchschauen, aber sie hatte ein ausgezeichnetes Pokerface. Ich konnte nicht sagen, ob sie ehrlich zu mir war oder nicht. Ich wollte ihr glauben, aber ich konnte die nagende Sorge nicht ignorieren.

»Es ist an der Zeit, dass wir George wissen lassen, dass wir ihn hier nicht haben wollen«, sagte Coral mit Bestimmtheit.

»Und wie schlägst du vor, das zu tun?«, fragte Daphne.

»Ich weiß nicht, aber er ist ein verdammtes Ärgernis.«

»Sie müssen alle Lemon Bliss verlassen. Je mehr sie herumschnüffeln, desto mehr Verdacht erregen sie bei denen, die wir jeden Tag sehen. Ich weiß, dass mich die Leute jetzt ein wenig anders ansehen«, sagte Magnolia. »Es gab schon immer Gerüchte über unsere Familien, und jetzt fangen die Leute, die seit Generationen hier leben, wieder an zu reden. Das gefällt mir nicht.«

Meine Mutter nickte. »Du hast recht. Wir müssen sie hier rausschaffen. Vielleicht können wir einen neuen Spukort für sie finden. Irgendwo weit weg von Lemon Bliss.«

Daphne und ich wechselten einen Blick. Die Frauen redeten tatsächlich darüber, George und sein Team von Ermittlern aus der Stadt zu jagen. Ich dachte nicht, dass die Leute so etwas noch taten, aber hier waren wir, in einem Raum voller wütender Frauen, die genau das planten.

»Vielleicht spreche ich einen Zauber«, sagte Lila.

»Einen Zauber, um was zu tun?«, fragte ich, mit der Angst vor der Antwort.

»Um sie Lemon Bliss, die Fabrik und das Übernatürliche im Allgemeinen vergessen zu lassen. Es ist nicht fair, sie einer anderen Gruppe von Hexen aufzuhalsen. Sie müssen die Dinge auf sich beruhen lassen, und der einzige Weg, wie das geschehen wird, ist, wenn ihr Interesse ausgelöscht wird«, sagte sie, als spräche sie über etwas so Normales wie Haarewaschen.

»Lila, das kannst du nicht machen«, protestierte ich.

»Doch, das kann ich, und ich werde es tun, wenn alle zustimmen, dass es der beste Plan ist. Ich persönlich denke, es löst all unsere Probleme. Wir löschen ihre Erinnerungen aus und sie werden nie wieder nach Lemon Bliss zurückkehren.«

Meine Mutter sah aus, als würde sie die Idee tatsächlich in Betracht ziehen. »Mom! Du kannst doch nicht wirklich denken, dass das eine gute Idee ist!«

»Was? Doch, ist es. Es wird ihnen nicht schaden und es löst das Problem. Wir müssen uns keine Sorgen machen, dass sie mit anderen reden und in ihrer kleinen Welt der übernatürlichen Fans noch mehr Interesse wecken«, sagte sie.

Ich schüttelte den Kopf. »Ich glaube, ich höre nicht richtig. Ich muss los. Ich muss morgen früh raus.«

Daphne stand auf. »Ich auch. Wirke keine Zauber, bis wir etwas Zeit haben, über all das nachzudenken.«

Wir ließen die anderen zurück, in dem Wissen, dass sie wahrscheinlich die nächsten Stunden damit verbringen würden, Pläne zu schmieden. Das war mehr als nur ein bisschen beunruhigend.

KAPITEL SECHS

Es war ein ruhiger Morgen in der Bäckerei, was mir gerade recht kam. Meine Gedanken kreisten um den Einbruch in die Fabrik und was das für uns bedeutete. Ich wusste nichts über Eisenhut, aber ich dachte mir, ich sollte mich mal schlaumachen. Leider war ich mir nicht sicher, ob ich darauf vertrauen konnte, dass meine Mutter und ihre Freundinnen vollkommen ehrlich sein würden.

»Gibt's was Neues?«, fragte ich Daphne, als sie in die Küche kam.

Normalerweise war das eine beiläufige Frage. In der Welt der Hexen und von Lemon Bliss war sie jedoch schwerwiegend.

»Nein. Ich habe gestern Abend meine Mom angerufen, aber sie war immer noch bei deiner Mom zu Hause.«

»Großartig. Ich kann mir nur vorstellen, was für verrückte Pläne sie ausgeheckt haben«, murmelte ich, schnappte mir meine Kaffeetasse und nahm einen Schluck.

»Und wie. Sie waren gestern Abend todernst. Ich glaube, ich habe Lila noch nie so wütend gesehen«, sagte Daphne.

»Wir müssen mehr über dieses Eisenhut-Zeug herausfinden. Aber wir können niemanden fragen.«

Das Glöckchen an der Eingangstür bimmelte und rief Daphne nach vorne. Ich arbeitete schweigend weiter, während meine Gedanken immer noch Ideen und Möglichkeiten durchspielten, was mit Harry passiert sein könnte. Ich hatte nichts von Harold gehört, was hoffentlich ein gutes Zeichen war. Vielleicht hatten sie die Quelle des Eisenhuts bereits gefunden und es gab keinen Grund, weiterzusuchen. Man wird ja wohl noch träumen dürfen.

Daphne tauchte wieder auf und reichte mir eine frische Tasse Kaffee. Ich nahm sie dankbar an. Nach einem Schluck sah ich zu ihr hinüber. »Du hast die Espressomaschine inzwischen gemeistert«, sagte ich mit einem Augenzwinkern.

Sie grinste. »Ich weiß, wie sehr du deinen Karamell-Latte liebst, also habe ich geübt, ihn genau richtig hinzubekommen.«

»Ich würde sagen, das ist dir gelungen.« Ich nahm einen langsamen Schluck und genoss den reichen Geschmack.

Daphne knüpfte an unser früheres Gespräch an. »Wir dürfen die anderen nicht wissen lassen, dass wir Nachforschungen über den Eisenhut anstellen.«

»Absolut, aber wie sollen wir irgendetwas herausfinden? Sie haben uns ja schon gesagt, dass das, was wir online finden können, nicht viel nützt. Ich bin mir sicher, dass es wahrscheinlich im Zauberbuch in der Fabrik erwähnt wird, aber dann wüssten sie, dass wir herumgeschnüffelt haben.«

Sie lachte. »Ich glaube, sie kennen uns inzwischen gut genug, um zu wissen, dass wir das tun könnten. Aber du hast recht, wir müssen es nicht zu offensichtlich machen.«

»Ich kann ja trotzdem mal schauen, was online so zu finden ist. Vielleicht gibt uns das ein paar Anhaltspunkte«, schlug ich vor.

»Nein! Die Polizei kann den Verlauf auf deinem Computer überprüfen. Wenn die Ermittlungen in unsere Richtung deuten, kannst du dich nicht so einem Risiko aussetzen. Wahrscheinlich sollten wir nicht einmal darüber reden«, flüsterte sie und sah sich in der Küche um.

»Warum?«

»Was, wenn sie die Bäckerei verwanzen?«

Ich brach in Gelächter aus. »Du bist ein bisschen paranoid, meinst du nicht auch?«

Sie zuckte mit den Schultern. »Man kann nicht vorsichtig genug sein. Wenn es eine Mordermittlung gibt und sie dich verdächtigen, etwas damit zu tun zu haben, werden sie, glaube ich, alles Nötige tun, um dich dranzukriegen.«

»Ich habe nichts getan«, erinnerte ich sie. Meine Güte, ich war es so leid, die Leute daran zu erinnern, dass ich nichts getan hatte, wenn ruchlose Dinge passierten.

Sie machte eine wegwerfende Handbewegung, als ob diese kleine Tatsache nichts bedeutete. »Wir müssen vorsichtig sein. Ich kann nach New Orleans fahren. Ich sage, ich hole Vorräte oder gehe ein bisschen einkaufen. Ich kenne da oben ein paar Damen, die einen Laden haben, der auf okkulte Sachen spezialisiert ist.«

»Okkult!«, sagte ich entsetzt. »Das machen wir nicht.«

»Nein, nein. Das ist nur ein Ort, um Informationen zu sammeln. Das ist nicht alles dunkle Magie. Sie verkaufen Kräuter und andere Zutaten, die in Zaubersprüchen und Tränken verwendet werden«, stellte sie klar.

»Du kennst diese Leute?«

Sie nickte. »Ja. Ich werde nicht erwähnen, warum ich frage, aber sie wird sowieso kein Wort sagen.«

»Wann willst du fahren?«

»Nach der Arbeit?«

Ich nickte. »Vielleicht können wir dafür sorgen, dass du hier früher rauskommst. Ich schaue mal, ob Patty einspringen kann. Sie wollte sowieso mehr Stunden machen.«

»Perfekt.«

Der Rest des Tages verflog in einem Wirbel aus Backen. Ich war ein wenig nervös, weil Daphne nachforschen wollte. Es fühlte sich an, als würden wir einen geheimen Ehrenkodex brechen. Wenn die anderen Hexen das herausfanden, wären sie nicht begeistert zu erfahren, dass wir ihnen nicht trauten. Wir hatten gesehen, wie sie auf die Ermittler für Übernatürliches reagiert hatten, die sich in ihre Angelegenheiten einmischten. Ich glaubte nicht, dass sie begeistert wären zu erfahren, dass wir zu ihnen gehörten und misstrauisch waren.

»Violet«, rief Daphne von vorne.

Ihr Tonfall verriet mir, dass es keine Kunden waren. Etwas war nicht in Ordnung.

Ich eilte nach vorne, um zu sehen, was sie so besorgt klingen ließ. »Oh, Mist«, murmelte ich, als ich Lila durch die Tür kommen sah.

»Sag ihr nichts«, sagte Daphne, ohne den Satz zu beenden. Das musste sie auch nicht. Ich wusste genau, was sie meinte.

»Was führt dich hierher?«, fragte ich und warf Lila ein Lächeln zu.

»Ich hatte einfach nur Heißhunger auf einen von diesen köstlichen Keksen«, sagte sie mit einem Lächeln.

»Einen?«, neckte ich sie.

»Oh, du kennst mich zu gut. Ich nehme drei von den Schokoladenkeksen und einen Kaffee.«

»Daphne, du kannst schon gehen. Ich schließe dann ab«, sagte ich mit aufgesetztem Lächeln.

»Danke. Ich muss wirklich los. Ich kann den Anwalt nicht warten lassen«, erwiderte sie und log, dass sich die Balken bogen, über den Grund ihres Aufbruchs.

»Oh je, schlägst du dich immer noch mit diesem schlimmen Scheidungskram herum?«, fragte Lila.

»Ja«, sagten Daphne und ich wie aus einem Munde.

Lila sah sich um. »Wir könnten einen Zauber wirken und all deinen Ärger beenden.«

»Nein«, sagte Daphne ein wenig zu schnell. »Keine Zauber. Ich regle das auf dem Rechtsweg. Wir sind kurz davor, alle Details zu klären. Ich bin sicher, es wird alles bald vorbei sein.«

»Okay, aber wenn du es dir anders überlegst, sag einfach Bescheid.«

Du lieber Himmel. Egal, wie oft sie uns gewarnt hatten, mit Zaubersprüchen vorsichtig zu sein, es schien sie nicht im Geringsten zu stören, sie nach Lust und Laune zu wirken, wann immer ihnen danach war. Lila nahm ihren Kaffee und ihre Kekse mit zu einem Tisch. Als ich auf meine Uhr sah, wurde mir klar, dass bald Feierabend war. Ich deutete Daphne an zu gehen, bevor Lila noch etwas sagen konnte.

Ich wischte die Theke ab und überlegte, was ich zu Lila sagen sollte oder ob ich überhaupt etwas sagen sollte. Ich beschloss, dass es das Beste wäre, gesprächig zu bleiben. Alles andere könnte verdächtig wirken. Ich hielt Lila nicht für eine Feindin, aber sie verhielt sich in letzter Zeit definitiv ein wenig zwielichtig.

Etwas früher zu schließen, würde mir die Gelegenheit geben, mich mit ihr zu unterhalten. Vielleicht würde sie ja bezüglich des Eisenhuts mit der Sprache herausrücken.

»Seid ihr letzte Nacht lange aufgeblieben?«, fragte ich und setzte mich mit meiner eigenen Tasse Kaffee und einem Blaubeermuffin zu ihr an den Tisch.

Lila lächelte. »Du kennst uns ja, wenn wir erst mal ins Reden kommen, vergessen wir die Zeit. Zum Glück muss keine von uns morgens aufstehen und zur Arbeit gehen. Die Vorteile des Alters«, sagte sie mit einem Augenzwinkern.

Ich lachte mit ihr. »Haben Sie etwas von Harold gehört?«

Sie zuckte mit einer Schulter. »Nein, leider nicht.«

»Ich meine wegen der Fabrik und dem Tod des Mannes.«

»Ach so. Nicht, dass ich wüsste. Ich denke, er wird zuerst zu dir oder Virginia kommen. Schließlich ist es eure Fabrik.«

Es klang beinahe unheilvoll, als ob sie mich warnen wollte, dass ich am meisten zu verlieren hätte, sollte bei den Ermittlungen zu dem Todesfall etwas herauskommen.

»Ich habe es mir zur Aufgabe gemacht, diese Fabrik so abzuschotten, dass nie wieder jemand einbricht.«

»Ich habe die Sache genau im Auge behalten«, erklärte sie.

»Das hast du?«

»Ich habe ein paar Mal am Tag regelmäßig nachgesehen, um sicherzustellen, dass niemand drinnen war.«

»Lila«, begann ich und versuchte herauszufinden, wie ich ihr am besten sagen sollte, dass sie sich von dem Gebäude fernhalten solle. »Das ist wahrscheinlich keine gute Idee. Harold hat versprochen, zusätzliche Patrouillen zu fahren, und ich denke, wir sollten das dem Gesetz überlassen.«

Sie machte eine wegwerfende Handbewegung, bevor sie einen Bissen von ihrem Keks nahm. »Ich gehe ja nicht dorthin mit der Absicht, einen der Eindringlinge zu konfrontieren. Ich behalte die Dinge nur im Auge. Ich habe ein Handy, mein Schatz. Wenn es Ärger gibt, rufe ich Hilfe.«

»Lila, das ist zu riskant. Wenn du dort regelmäßig nach dem Rechten siehst, könnte das verdächtig aussehen.«

»Wieso?«, spottete sie.

»Es erweckt den Anschein, als hättest du etwas zu verbergen«, sagte ich ihr so sanft wie möglich. »Die Leute, einschließlich Harold, werden sich fragen, warum du so besorgt bist. Es ist doch nur eine leere, alte Fabrik.«

»Ich habe ja auch etwas zu verbergen. Wir alle haben das«, schoss sie zurück. »Ich bin die Einzige, die das zu begreifen oder der es wichtig zu sein scheint. Wir müssen unseren Treffpunkt schützen.«

Ich schüttelte den Kopf. »Nein, müssen wir nicht. Wir müssen uns nicht in der Fabrik treffen. Ich verstehe nicht, warum wir uns überhaupt treffen müssen. Wir können uns bei jeder von uns zu Hause versammeln. Die Fabrik ist niemandes Leben wert, Lila. Niemand hat es verdient, verletzt zu werden oder zu sterben, nur weil er neugierig ist.«

»Schon mal was davon gehört, dass Neugier der Katze Tod ist?«

»Lila, bitte, ich bitte dich, dich vorerst von der Fabrik fernzuhalten. Lass Harold seine Arbeit machen. Wir müssen ihm nicht in die Quere kommen«, flehte ich.

Sie zuckte mit den Schultern und äußerte sich nicht weiter. Das beunruhigte mich. Lila war keine, die ihre Gefühle verbarg. Sie liebte es zu reden. In letzter Zeit war sie verschwiegen und auf der Hut geworden.

»Nun, ich sollte wahrscheinlich fertig zumachen«, sagte ich, stand auf und ging zur Theke.

Lila schnappte sich ihren letzten Keks vom Tisch und ging zur Tür. »Pass auf dich auf, Violet. Ich weiß nicht, was auf uns zukommt, aber ich kann etwas in der Luft spüren. Ich bin sicher, du kannst das auch. Wir alle können das. Es liegt an uns, unseren Zirkel zu schützen.«

Ich schloss die Tür hinter ihr ab und sah zu, wie sie in ihr Auto stieg. Sie starrte mich einige lange Sekunden an, bevor sie den Wagen startete und zurücksetzte. Ich hatte tatsächlich eine böse Vorahnung, obwohl ich nicht sagen konnte, ob es nur an dem lag, was sie gesagt hatte, oder an allem anderen. Ich hatte nicht hart genug trainiert, um meine Sinne zu fokussieren, und wusste nicht, woher das Gefühl des Verderbens kam. Etwas sagte mir, dass ich bei Lila auf der Hut sein sollte. Ich hasste das Gefühl, aber es war da und ich konnte es nicht leugnen. Ich musste meinen Instinkten vertrauen, und die sagten mir, ich solle vorsichtig sein.

Schnell schloss ich den Laden ab und fuhr nach Hause. Der Duft von Zitronen lag schwer in der Luft, als ich von meinem Auto die Verandastufen hinaufging. Ich drehte mich um, ging um das Haus herum und blickte über den alten Zitronenhain auf dem Feld hinter dem Haus. Genau wie in meiner Jugend waren die Zitronenbäume üppig mit Blättern und Früchten beladen. Die Bäume explodierten förmlich. Es war noch nicht einmal Saison, aber keine der Pflanzen meiner Großmutter schien sich an die üblichen Regeln des Gärtnerns zu halten.

Ich hielt inne und atmete tief durch, um den frischen Zitrusduft zu genießen. Als ich zum Haus zurückkehrte, konnte ich nicht umhin, mich zu fragen, wie das geschah. Ich war es jedenfalls nicht, die die Pflanzen und Bäume hier verzauberte. Und doch war es so, als hätten sie gemeinsam beschlossen, weiterzumachen wie bisher, obwohl meine Großmutter schon lange nicht mehr da war.

Nachdem ich das Mehl von meinem langen Tag in der Küche abgeduscht hatte, rief ich Gabriel an. Ich wollte nicht allein sein und ich wollte nicht an die Fabrik, an Lila oder den Tod eines jungen Mannes denken. Ich wollte mich normal fühlen.

Als er an die Tür klopfte, wartete ich schon.

»Hi«, sagte ich mit einem Lächeln.

»Hi, du. Alles okay bei dir?«

Ich nickte. »Wird schon wieder. Ist es für dich in Ordnung, heute Abend hierzubleiben?«

Er grinste. »Aber natürlich.« Er hielt eine Tüte hoch. »Ich habe Vorräte mitgebracht.«

»Gut, denn sonst müsstest du kalte Sandwiches essen.«

Er kicherte, als er in die Küche ging. »Ich weiß. Ich kenne dich einfach zu gut. Ich koche uns ein Abendessen und du kannst aufhören, dir Sorgen zu machen.«

»Woher wusstest du, dass ich mir Sorgen mache?«

Er stellte die Tüte auf die Theke, drehte sich um und zog mich in seine Arme. »Du siehst einfach ein bisschen besorgt aus. Bei allem, was los ist, ist das ja auch verständlich.«

Ich lehnte meinen Kopf an seine Schulter und seufzte. »Im Moment ist alles ein bisschen komisch. Ich habe das Gefühl, nicht mehr zu wissen, wem ich trauen kann. Nachdem du mir das mit dem Bericht des Gerichtsmediziners erzählt hast, musste ich es den anderen sagen. Es ist nicht gut gelaufen. Daphne ist gerade in New Orleans und versucht, ein paar Nachforschungen anzustellen. Wir wollen nicht, dass unsere Mütter davon erfahren. Bitte sag deiner Tante nichts.«

»Werde ich nicht. Deine Geheimnisse sind bei mir sicher. Alle. Jetzt, wo das aus dem Weg ist, können wir einen ruhigen Abend genießen?«

Ich lehnte den Kopf zurück und fing seinen Blick auf. »Ich dachte schon, du fragst nie.«

KAPITEL SIEBEN

Daphne war immer noch in New Orleans. Sie hatte mir früher am Tag eine ziemlich kryptische Nachricht geschickt, und ich musste mir ein Lachen verkneifen. Sie war übermäßig paranoid. Zumindest hoffte ich, dass es Paranoia war und es keinen wirklichen Grund zur Sorge gab. Um auf Nummer sicher zu gehen und damit sie nicht ausflippte, hielt ich meine Antwort genauso kryptisch.

Nachdem ich den ganzen Tag überstanden hatte, ohne eine der Hexen zu sehen oder von ihnen zu hören, konnte ich mich nicht entscheiden, ob das gut oder schlecht war. Wenn ich sie nicht sah, neigte ich dazu, mir Sorgen zu machen, was sie im Schilde führten. Ich hatte auch nichts von Harold gehört, was mein Unbehagen noch verstärkte. Trotz meiner besten Absichten begann ich, mich von Daphnes Paranoia anstecken zu lassen, und hatte mich selbst davon überzeugt, dass er hinter meinem Rücken gegen mich ermittelte. Das war beunruhigend. Inzwischen hatte ich das Gefühl, dass ich außer Daphne niemandem mehr vertrauen konnte.

Ich ging nach Hause und saß schweigend auf meiner Couch und überlegte, was ich tun sollte. Ich wollte meine Mutter anrufen und mit ihr über meine Probleme reden, aber sie war der Kern des Ganzen. Ich wusste nicht, wem sie mehr ergeben war – mir oder dem Zirkel.

Irgendwann hielt ich die Stille nicht mehr aus, also lief ich nach oben, zog eine dunkle Jeans und ein schwarzes T-Shirt an, bevor ich mir meinen dunklen Kapuzenpullover überwarf. Ich wollte selbst ein paar Ermittlungen anstellen.

Wie erwartet fuhr ich an der Fabrik vorbei und sah, wie Lilas Auto in den langen Schotterweg einbog. Ich fuhr weiter und hoffte, dass sie mein vorbeifahrendes Auto nicht bemerkte. Nachdem ich die Straße entlanggefahren war, umgedreht und an der Abzweigung zur Fabrik vorbeigefahren war, war ihr Auto nirgends zu sehen.

»Sie könnte ihn wohl mit Magie tarnen«, sagte ich laut.

Ich drehte wieder um und fuhr mit ausgeschalteten Scheinwerfern vorbei. Ich versuchte, einen Blick hinter die Fabrik zu erhaschen, wo wir alle für unsere Zirkeltreffen parkten, aber es war zwecklos. Deshalb parkten wir ja dort hinten. Niemand konnte unsere Autos von der Straße aus sehen.

»Jetzt erst recht«, murmelte ich.

Ich fuhr weiter, bis ich zu einer verlassenen Hütte kam. Ich parkte nahe an der Hütte und hoffte, dass niemand mein Auto bemerken würde, und rannte dann schnell zurück zur Fabrik. Ich hoffte, mein dunkles Outfit machte es schwer, mich zu sehen. Leise schlich ich zur Rückseite der Fabrik und sah Lilas Auto. Sie hatte sich nicht einmal die Mühe gemacht, es zu tarnen.

»Ha!«, flüsterte ich in die dunkle Nacht. »Ich wusste, dass du hier bist. Obwohl ich dir gesagt habe, du sollst dich fernhalten«, murmelte ich und ging zur Vorderseite des Gebäudes zurück.

Ich benutzte meinen Schlüssel, um durch die Vordertür zu gehen, da ich wusste, dass sie die Hintertür benutzt haben würde. Langsam öffnete ich die Tür gerade so weit, dass ich hineinschlüpfen konnte. Drinnen drückte ich meinen Körper gegen die Wand und lauschte. Ich konnte eine Bewegung hören, aber in der Dunkelheit war ich mir nicht sicher, woher sie kam.

Ich wartete und hielt den Atem an, aus Angst, Lila könnte mich atmen hören. Ich schalt mich selbst dafür, so lächerlich zu sein. Es war Lila. Sie war nicht gewalttätig. Ich wusste, dass sie mir nichts tun würde. Oder? Ich hörte ein Geräusch und vermutete, dass Lila auf dem Weg zum geheimen Raum des Zirkels war. An der Wand entlang schlich ich zur versteckten Tür und hielt mich dabei in den Schatten. Ich weigerte mich, mir einzugestehen, wie unheimlich es war, bedauerte aber meine Entscheidung, allein gekommen zu sein, zutiefst. Ich hatte allerdings keine wirkliche Wahl. Ich konnte Gabriel nicht in etwas hineinziehen, was sich zu einem weiteren Skandal zu entwickeln schien.

Ein Geräusch erregte meine Aufmerksamkeit und ich erstarrte, mein Puls schoss in die Höhe. Mein Gehirn befahl mir, so schnell ich konnte aus dieser Fabrik zu rennen, aber ich war wie angewurzelt. Ich lauschte aufmerksam und erkannte, dass es die Tür zum geheimen Raum war, die sich öffnete. Lila sprach mit jemandem. Sie war nicht allein. Ich kämpfte gegen die aufsteigende Panik an und blieb, wo ich war, zitternd wie Espenlaub, aber unbeweglich.

»Wir müssen nach oben gehen«, sagte Lila zu der Person, mit der sie sprach. »Ich habe das Zeug da drin gelassen.«

Der Strahl einer Taschenlampe leuchtete auf und zielte auf den Boden vor Lila. Er erhellte kaum ihr Gesicht und verriet absolut nichts darüber, wer bei ihr war. Ich wartete darauf, dass die Person sprach, damit ich sie identifizieren konnte. Arbeitete sie mit den Ermittlern für Übernatürliches zusammen? Vielleicht arbeitete sie mit einer anderen Hexe zusammen, die die dunklen Künste praktizierte. Ich wusste es nicht. Meine inneren Alarmglocken schrillten und ließen meinen ganzen Körper kribbeln.

»Beeilen wir uns. Ich hasse diese ganze Herumschleicherei«, sagte die andere Stimme.

Mir klappte die Kinnlade herunter und meine Knie wurden weich, als mein Gehirn die Stimme erkannte. Ich unterdrückte den Drang, aus Protest aufzuschreien.

Es war meine Mutter. Meine Mutter und Lila konspirierten zusammen. Ich hatte recht gehabt, ihnen nicht zu trauen. Ich wartete, bis sie auf der Treppe auf dem Weg in die oberen Stockwerke waren. Ich rührte keinen Muskel, während sie gingen.

Als sie weit genug entfernt waren, schlich ich leise zur Tür, die unseren geheimen Raum schützte, und öffnete sie wieder nur so weit, dass ich seitlich hineinschlüpfen konnte. Ich gab mein Bestes, die Treppe hinunterzuschleichen. Ich wagte es nicht, das Licht anzumachen. Sie würden es zwar nicht sehen können, aber ich hatte Angst, sie würden meine Anwesenheit spüren. Ich wusste, dass ich albern war, aber ich war keine Expertin im Herumschleichen. Das lag anscheinend nicht in der Familie.

Ich blickte mich im Raum um und suchte nach Hinweisen darauf, was sie getan hatten. Nichts schien fehl am Platz zu sein. Der Strahl meiner Taschenlampe tanzte durch den Raum. Auf der Theke stand eine Kiste, aber sie war leer. Nicht viele Hinweise, mit denen man arbeiten konnte. Was konnten sie bloß oben wollen? Ich hatte nicht lange genug gewartet, um zu sehen, wohin sie gingen.

Eine Erinnerung blitzte in meinem Gehirn auf. In den Büros im vierten Stock hatte ich die Sicherheitsbänder gefunden. Dort hatten die Ermittler ihr eigenes kleines Hauptquartier eingerichtet. Das musste es sein. Das war es, was sie taten – sie suchten nach Hinweisen.

Ich lächelte im dunklen Zimmer und lachte über mein eigenes albernes Verhalten. Ich hatte voreilige Schlüsse gezogen, aber sie taten genau das, was ich auch getan hätte. Was ich ja eigentlich auch getan hatte. Ich fragte mich, ob noch eine der Kameras da war. Es würde die Sache einfacher machen, wenn ich einfach eine Kassette einlegen und herausfinden könnte, was passiert war.

»Du wirst nichts finden«, sagte ich kopfschüttelnd zu mir selbst.

Ein Geräusch über mir schreckte mich auf. Ich rannte in eine Ecke des Raumes und versteckte mich hinter einem der großen, plüschigen Sessel. Ich wusste nicht, warum ich mich versteckte. Es fühlte sich einfach an, als ob ich es tun sollte. Kaum hatte ich meinen Platz gefunden, als meine Mutter und Lila den Raum betraten. Ich hatte zu viel Angst, meinen Kopf um den Sessel herumzustrecken, um zu sehen, was sie taten. Obwohl ich bezweifelte, dass sie sehr verärgert gewesen wären, mich im Zimmer zu finden, kam ich mir albern vor, mich überhaupt versteckt zu haben. Ich zog es vor, die Einzige zu sein, die wusste, dass ich mich wie eine Idiotin benommen hatte.

Ich kauerte mich hinter den Sessel und hoffte, dass sie nicht zu lange bleiben würden. Sie schnatterten munter drauflos, also spähte ich schnell hervor, um zu sehen, was sie taten, und sah, wie sie in den Schränken wühlten. Ich spitzte die Ohren, um zu hören, was sie sagten, aber ich konnte nur Gesprächsfetzen aufschnappen.

»Es ist ganz hinten«, sagte meine Mutter mit leiser Stimme. »Stell sicher, dass du alles wieder genau so zurückstellst, wie es war.«

»Den Rest hole ich aus dem anderen Schrank«, erwiderte Lila.

»Wir müssen den Wandschrank da ausräumen«, flüsterte meine Mutter.

Vorsichtig bewegte ich mich einen Millimeter und sah zu, wie meine Mutter in der Dunkelheit verschwand. Ihre Taschenlampe klickte an und ihr Lichtstrahl schien in eine große Speisekammer. Ich konnte mich nicht erinnern, sie jemals zuvor gesehen zu haben. Andererseits konnte ich mich auch nicht erinnern, jemals über die paar Sofas und Sessel im Raum hinausgeschaut zu haben. Kurz fragte ich mich, ob sie mit einem weiteren Zauberspruch vor Daphne und mir verborgen worden war. Vielleicht trauten uns die älteren Hexen nicht zu, all ihre Geheimnisse zu kennen. Bei diesem Gedanken durchfuhr mich ein Zornesblitz. Ich war bereits einmal wegen eines Verbrechens verhört worden, mit dem ich nichts zu tun hatte. Wenn ich herausfinden würde, dass meine Mutter und ihre Freundinnen etwas versteckten, das als Beweismittel gegen mich verwendet werden könnte, wäre ich stinksauer.

Während ich zusah und wartete, hoffte ich, sie würden etwas sagen, das sie entlastete. Ich wollte nicht das Schlimmste denken, aber sie machten ihre Sache nicht gerade besser.

»Lass uns gehen«, sagte Lila. Ich konnte eine Kiste in ihrer Hand sehen, hatte aber keine Ahnung, was darin war.

Meine Mutter tauchte ebenfalls mit einer Kiste in der Hand im Licht auf, und zusammen stiegen sie die Treppe hinauf. Ich wartete, bis ich die Tür zufallen hörte, bevor ich ihnen nach oben folgte. Ich stieß die Tür sachte auf, lauschte und konnte ihre Stimmen hören, wie sie sich durch die Fabrik bewegten.

Ich blieb in den Schatten und hielt meine Augen auf die Taschenlampe gerichtet, die ihnen den Weg wies. Ich beobachtete, wie sie die Treppe hinaufstiegen. Wie ich vermutet hatte, gingen sie in den vierten Stock. Schnell lief ich die Treppe wieder hinunter in unseren geheimen Raum und versteckte mich, für den unwahrscheinlichen Fall, dass sie zurückkamen.

Ich wartete eine gefühlte Ewigkeit. Als ich schließlich beschloss, dass sie längst weg sein mussten, verließ ich mein Versteck hinter dem Sessel in unserem geheimen Raum.

»Okay, meine Damen, was habt ihr gesucht?«, sagte ich und knipste die Deckenbeleuchtung im Zimmer an.

Ich machte mir keine Sorgen, dass ich jetzt erwischt werden könnte. Wenn sie zurückkämen, würde ich ihnen sagen, dass ich nachschaute, ob alles in Ordnung sei. Ich öffnete die Schränke und sah hinein. Nichts sah für mich besonders interessant aus. Da waren Gläser mit Gewürzen und Kräutern. Es schien auch halb leere Tränke in alten, bernsteinfarbenen Flaschen zu geben. Ich stellte mir vor, dass die Flaschen seit Jahrzehnten in den Regalen standen. Auf den meisten von ihnen lag eine dicke Staubschicht.

Ein anderes Regal enthielt eine Auswahl an leeren Gläsern und Flaschen. Ich ging zurück in den Küchenbereich und begann, Schränke zu öffnen, nur um weitere Kräuter und Gewürze zu finden. Nichts schrie förmlich nach Gift, aber andererseits wusste ich ja auch nicht, wonach ich suchte.

Vielleicht war das ja der Punkt. Vielleicht war Harry so vergiftet worden. Er wusste nicht, womit er hantierte. Die Flaschen könnten falsch etikettiert sein, sei es absichtlich oder aus Versehen.

»Was geht hier vor?«, flüsterte ich in die Dunkelheit.

Nachdem ich jeden Schrank und jedes Regal im Raum durchsucht hatte, vergewisserte ich mich, dass ich keine Spuren meiner Anwesenheit hinterlassen hatte. Ich wollte gerade das Gebäude verlassen, aber ich hielt inne. Ich musste sehen, was im vierten Stock war. Schnell kletterte ich die Treppe hinauf und fand mich dort wieder, wo ich schon vor so vielen Monaten gewesen war.

Ich überprüfte jedes Büro da oben und fand nichts.

Tief Luft holend, schüttelte ich langsam den Kopf. Ich hatte gehofft, etwas zu finden, irgendetwas. Doch alles, was ich erfahren hatte, war, dass anscheinend meine Mutter und Lila ihre eigenen heimlichen Erkundungen anstellten. Mit einem Seufzer machte ich mich auf den Weg nach unten. Der Rückweg zu meinem Auto in der Dunkelheit war nervenaufreibend.

Es war zu spät, um Daphne anzurufen, also musste ich bis morgen warten. Hoffentlich wäre sie von ihrer Reise zurück. Vorerst war ich auf mich allein gestellt. Als ich nach Hause kam, schaltete ich mein Fernlicht ein, das den ganzen Hof taghell erleuchtete. Ich wusste nicht, wonach ich suchte, aber ich wollte nicht riskieren, dass mich jemand überraschte. Daphne war nicht die Einzige, die Angst vor ihrem eigenen Schatten hatte.

KAPITEL ACHT

Es war eine lange Nacht gewesen und ich hatte kaum ein Auge zugetan. Meine Gedanken kreisten unaufhörlich und spielten die verschiedensten Szenarien durch. Ich war nicht erfreut darüber, herausgefunden zu haben, dass meine Mutter im Schutze der Dunkelheit und hinter meinem Rücken mit Lila unter einer Decke steckte. Ich hasste es, dass ich sie hatte ausspionieren müssen. Ich wusste nicht, was sie taten, aber wenn alles mit rechten Dingen zugegangen wäre, warum hätten sie es dann spät in der Nacht tun müssen? Sie hätten uns anderen nur Bescheid sagen müssen. Außerdem gehörte das Gebäude schließlich mir.

Mein Handy klingelte und riss mich jäh aus meinen Grübeleien. Als ich mit verschlafenen Augen auf das Display blickte, sah ich, dass Daphne anrief. »Hallo!«, sagte ich, erleichtert, ihre Stimme zu hören.

»Hey. Oh, du klingst aber fertig. Hattest du gestern eine wilde Nacht?«

»Das kann man wohl so sagen. Bist du wieder da?«, fragte ich und drehte mich um, um auf die Uhr zu schauen. Es war fast fünf Uhr morgens und ich musste in die Gänge kommen, sonst gäbe es für den morgendlichen Ansturm keine frischen Muffins in der Bäckerei.

»Ich bin wieder da, und ich habe eine kleine Überraschung«, sagte sie geheimnisvoll.

»Aber du kannst es mir nicht am Telefon verraten, richtig?«, murmelte ich.

»Richtig. Steh auf und beweg deinen Hintern zur Arbeit. Ich treff dich dort«, sagte sie mit weitaus mehr Enthusiasmus, als ich aufbringen konnte.

»Na gut, aber ich warne dich vor, ich werde nicht besonders hübsch aussehen. Ich werde mich den ganzen Tag in der Küche verstecken.«

»Das tust du doch immer«, sagte sie lachend.

Ich schaffte es, die Energie aufzubringen, um zu duschen und mich auf den Weg zur Arbeit zu machen. Ich lief auf Autopilot. Daphne begrüßte mich mit einer Tasse Kaffee, die ich hinunterstürzte, bevor ich sie wieder auffüllte. Mein Gehirn fühlte sich an wie Matsch.

Ich ging in die Küche und begann mit meiner üblichen Routine, schaltete die Öfen an und holte Zutaten heraus, während Daphne den vorderen Teil der Bäckerei für die Öffnungszeit vorbereitete. Es dauerte nicht lange, bis sie wieder in der Küche war und versuchte, mir zu helfen.

»Du siehst aus wie ein Zombie«, witzelte sie.

»Sag das nicht zu laut, sonst stehen diese kleinen Ermittler im Handumdrehen hier unten und wollen mich befummeln und anstupsen.«

Sie kicherte. »Was hast du denn letzte Nacht gemacht, dass du so, äh ...«

»Spioniert«, unterbrach ich sie mit einem Seufzer.

»Wirklich?«

»Ja. Aber was ist mit dir? Was hast du mir zu erzählen?«

Daphne sah sich in der leeren Küche um, bevor sie sich zu mir lehnte und flüsterte. »Ich habe ein Buch besorgt.«

Ich verdrehte die Augen. »Halleluja.«

»Nein, ein *Buch*«, wiederholte sie und dehnte das letzte Wort.

»Daphne, wenn dieses Buch nicht tanzen oder all das hier auf magische Weise verschwinden lassen kann, sehe ich die Bedeutung nicht.«

Kopfschüttelnd warf sie mir einen irritierten und angewiderten Blick zu. »Ich will das nicht alles hier breittreten, aber ich erkläre es dir später. Sagen wir einfach, es enthält eine Menge Informationen. Informationen, die uns helfen können.«

Ich war nicht ganz so überzeugt wie sie, aber ich würde meine Meinung auf jeden Fall für mich behalten – vorerst. »Okay. Ich warte.«

»Also, erzähl mal, was hast du ausspioniert?«

»Nicht was, wen.«

»Wen?«

»Lila ...«, ich blickte von dem Teig auf, den ich rührte, »... und meine Mom.«

Ihr Mund klappte auf. »Was?«

Ich nickte. »Gestern Abend in der Fabrik. Sie hatten etwas vor. Sie trugen beide eine Kiste, als sie gingen. Ich habe keine Ahnung, was in den Kisten war, aber sie sind dorthin gegangen, um etwas zu suchen, Daphne«, sagte ich todernst. »Ich glaube, sie haben versucht, etwas zu verstecken.«

»Was denn zum Beispiel?«, fragte sie.

»Beweise.«

Ihre Augen quollen ihr fast aus dem Kopf. »Auf keinen Fall. Nicht deine Mom. Lila kann ein bisschen zwielichtig sein, aber definitiv nicht deine Mom.«

Ich schüttelte den Kopf. »Ich weiß nicht, Daphne. Irgendetwas an der ganzen Sache fühlt sich wirklich seltsam an.«

»Nun, wir werden es herausfinden, also versuch, dich nicht zu sehr zu stressen. Hör zu, ich geh nach vorne und mache auf, okay?«

Nickend machte ich mich wieder an die Arbeit, in Gedanken versunken. Ich hoffte wirklich, dass meine Mutter unschuldig war. Ich hoffte, sie waren es alle, aber es musste etwas zu verbergen gegeben haben. Das war die einzige Erklärung für ihr Verhalten letzte Nacht. Sie verbargen etwas, von dem sie wussten, dass es sich rächen könnte. Ich musste wissen, was das war. Ich konnte und würde sie nicht schützen, wenn sie jemandem etwas angetan hatten. Kein Geheimnis war es wert, jemanden dafür zu töten. Es war mir egal, ob das bedeutete, dass ich nie wieder Hexerei praktizieren könnte. Ich hing nicht daran. Ich war mein ganzes Leben lang gut ohne sie ausgekommen. Tatsächlich war es das Wissen um meine Abstammung, das all den Ärger verur-

sacht hatte, mit dem wir uns in den letzten sechs Monaten herum-
schlagen mussten.

»Warum beschützt du etwas, das du nicht einmal willst?«, fragte ich
laut, als ob die Küche es mir sagen könnte.

Ich war so in meine Arbeit und meine eigenen Gedanken vertieft,
dass ich nicht bemerkt hatte, wie viel Zeit vergangen war, bis Daphne
später in die Küche kam.

»Hey«, zischte sie.

»Was?«

»Deine Mutter ist hier draußen. Sie will mit dir reden.«

»Ich bin beschäftigt.«

»Violet, sie wird merken, dass etwas nicht stimmt, wenn du nicht
mit ihr redest.«

»Na schön«, brummte ich, zog meine Schürze aus und warf sie auf
die Theke.

Meine Mutter saß nicht an einem Tisch. Tatsächlich sah sie aus, als
wäre sie in Eile.

»Was gibt's, Mom?«

»Oh je, Violet. Du siehst aus, als könntest du etwas Ruhe gebrau-
chen. Schläfst du nicht gut?«

Ich wollte ihr sagen, warum ich müde war, aber ich biss mir auf die
Zunge. »Mir geht es gut. Gehst du irgendwohin?«, fragte ich.

Sie nickte. »Ich fahre für den Tag nach New Orleans hoch. Ich
hoffe, heute Abend wieder zurück zu sein. Ich wollte dir nur Bescheid
sagen, falls du mich suchst.«

»Warum fährst du dorthin?«, fragte ich, und Misstrauen stieg in
mir auf.

»Nur für ein paar Besorgungen«, sagte sie in einem lockeren Ton.

Hmm. Meine Mutter erledigte all ihre Einkäufe in Ruby Red oder
hier. Sie hasste die Großstadt und verließ nur selten den Ort. Da war
definitiv etwas im Busch.

»Ist alles in Ordnung?«, fragte ich mit leiser Stimme, um nicht allzu
besorgt zu klingen.

»Alles gut, mein Schatz. Lila und ich wollen nur ein bisschen
shoppen gehen. Es ist ein wunderschöner Tag. Ein kleiner Ausflug ist
genau das, was ich brauche«, sagte sie mit einem strahlenden Lächeln.

»Okay. Dann viel Spaß. Ruf an, falls du heute Abend nicht nach Hause kommst«, sagte ich zu ihr.

Sie winkte und ging zur Tür hinaus. Ich drehte mich zu Daphne um, da ich wusste, dass sie das Gespräch mitangehört hatte.

»Okay, du hattest recht. Sie führt definitiv etwas im Schilde. Sie und Lila, beide«, flüsterte Daphne.

»Hab ich dir doch gesagt.«

»Was wirst du tun?«

»Ich weiß nicht. Ich könnte sie fragen, aber ich habe das Gefühl, sie würde mich nur anlügen«, sagte ich.

Ich ging zurück in die Küche, während die Frustration in mir hochkochte. Als ich weiter den Teig knetete, kam mir der Gedanke, dass ich, da meine Mutter weg war, vielleicht selbst ein wenig herumschnüffeln könnte.

»Daphne!«, rief ich und eilte nach vorne.

»Was? Was ist los?«, fragte sie und sah sich um mich herum um.

»Ich muss für eine Weile weg.«

»Warum? Bist du krank? Du siehst nicht gut aus.«

Ich schüttelte den Kopf. »Mir geht's gut. Ich werde die Abwesenheit meiner Mutter nutzen und mich in ihrem Haus umsehen.«

»Oh, gute Idee. Wann?«

»Jetzt«, sagte ich mit einem Lächeln. »Ich mache das lieber bei Tageslicht. Nachts herumschleichen ist mir ein bisschen zu gruselig.«

»Dann mach mal. Ich halte hier die Stellung, und wenn jemand nach dir fragt, sage ich, du musstest kurz nach Hause. Viel Glück, und Violet – sei vorsichtig.«

»Werde ich sein«, sagte ich und rannte in die Küche, um meine Handtasche zu holen.

Ich fuhr zum Haus meiner Mutter, parkte in der Einfahrt und schloss mit meinem Schlüssel auf. Wenn jemand mein Auto sähe, würde er sich nichts dabei denken. Es war schließlich das Haus meiner Mutter, und ich kam gelegentlich zu Besuch vorbei.

Ich ging hinein und fand sofort die Kiste, die sie aus der Fabrik mitgenommen hatte. Ich schaute hinein und entdeckte Gläser. Einige waren leer, in anderen befanden sich verschiedene Flüssigkeiten. Ein

Glas enthielt etwas, das fast wie eine Salbe aussah. Ich wagte es nicht, eines davon anzufassen.

Ich sah mich schnell im Haus um und fand nichts anderes, was fehl am Platz wirkte. Um mein Glück nicht herauszufordern, ging ich und fuhr zurück in die Bäckerei.

»Na?«, fragte Daphne, die hinter mir in die Küche kam.

Ich schüttelte den Kopf. »Ich weiß nicht. In der Kiste, die ich sie letzte Nacht aus der Fabrik nehmen sah, war ein Haufen leerer Gläser mit verblassten Etiketten. In ein paar Gläsern war Flüssigkeit und in einem anderen eine Art Salbe oder so. Ich habe sie nicht angefasst.«

Sie nickte. »Wir müssen dieses Buch durchgehen. Später. Wenn wir nicht hier sind.«

»Sie wissen mehr, als sie sagen. Warum sonst sollten sie diese Gläser mitgenommen haben?«

Daphne schauderte sichtlich. »Ich weiß es nicht, und ich bin mir nicht sicher, ob ich es wissen will.«

Sie verschwand nach vorne und ließ mich wieder einmal mit meinen Gedanken allein. Ich belud ein Blech mit frischen Keksen und ging nach vorne. Ich blieb stehen, als ich George an der Kasse sah, wie er sich mit Daphne unterhielt.

»Hallo, Violet«, sagte er, als wären wir alte Freunde.

»Hallo, George«, sagte ich und versuchte, höflich zu sein.

»Wie geht's denn so?«, fragte er.

»Gut.«

»Ich bin sicher, Sie haben von meinem jungen Schützling gehört. Wirklich eine Schande. Ich kann nicht glauben, dass er einfach so gestorben ist«, murmelte er.

»Es ist sehr traurig. Bitte übermitteln Sie seiner Familie mein Beileid.«

Er nickte. Ich merkte, dass er mehr sagen wollte. Ich wappnete mich für das, was, wie ich ahnte, ein irritierendes oder unangenehmes Gespräch werden würde.

»Hat Harold mit seinen Ermittlungen begonnen?«, fragte er.

»Welche Ermittlungen?«, fragte ich und beschloss, auf ahnungslos zu machen.

»Ich weiß, dass sie den staatlichen Gerichtsmediziner eine

Autopsie an Harry durchführen ließen und dass es einige besorgniserregende Befunde gab«, bot er an.

Ich zuckte mit einer Schulter. »Habe ich nicht gehört«, log ich, da ich dem Mann nicht in die Karten spielen wollte.

»Hmm, seltsam, ich habe gehört, Harold würde sich schon wieder in der Fabrik umsehen.«

»Ich weiß nicht. Wie läuft Ihre Show, George?«, schoss ich zurück und ließ ihn wissen, dass ich wusste, dass er immer noch seine Nase in meine Angelegenheiten steckte.

»Sie läuft ziemlich gut. Wir recherchieren gerade und bereiten uns auf die Dreharbeiten vor.«

»Wirklich? Recherche?«, fragte ich und zog eine Augenbraue hoch.

»Ja, Recherche, Gespräche mit Leuten in der Stadt, solche Sachen«, antwortete er vage, obwohl er unruhig von einem Fuß auf den anderen trat und ein Ausdruck des Unbehagens über sein Gesicht huschte.

Gut, er sollte sich unwohl fühlen. Der Mann hatte es sich zur Gewohnheit gemacht, auf meinem Grundstück einzubrechen. Ich nickte nur. Er gab nicht zu, in der Fabrik gewesen zu sein, was albern war. Wir wussten beide, dass er es gewesen war. Das hatte er ja sogar der Polizei gestanden. Dachte er wirklich, sie würden es mir nicht erzählen?

»Na, ich hoffe, Sie finden, was Sie suchen. Was passiert, wenn Sie nichts finden? Erfinden Sie dann einfach etwas?«, fragte ich, tat so, als wäre ich aufrichtig interessiert, aber wir beide wussten, worauf ich hinauswollte.

»Wir sind stolz darauf, echte übernatürliche Spukerscheinungen und andere Ereignisse aufzudecken. Wir erfinden niemals etwas. Ich hätte gedacht, Sie würden an die übernatürliche Welt glauben.«

»Warum sollten Sie das denken?«, fragte ich und forderte ihn heraus, zu sagen, was er dachte.

Er grinste süffisant. »Da Sie in dieser Stadt aufgewachsen sind, müssen Sie die Geschichten über die Hexen, die hier lebten, gehört haben. Ihre Familie gehört doch zu den Gründerfamilien von Lemon Bliss, nicht wahr?«

Ich weigerte mich, mich von ihm auf die Palme bringen zu lassen. Wenn er mir unter die Haut ging, würde er gewinnen. Ich würde ausrutschen und etwas sagen, das er gegen mich verwenden würde. Ich zählte innerlich bis drei, bevor ich ihn anlächelte.

»Ja, meine Großmutter hat die Zitronentee-Fabrik gegründet, daher der Name. Wir sind alle sehr stolz auf unser Erbe. Es ist gut, Wurzeln zu haben.«

Er nickte langsam. »Vielleicht lassen Sie sich ja für unsere Show interviewen. Ich würde liebend gern einige der alten Geschichten hören, die sicher über Generationen weitergegeben wurden.«

Kichernd antwortete ich: »Tut mir leid, ich mache nicht bei drittklassigen Realityshows mit, aber danke der Nachfrage.«

Sein Mund klappte auf, als ich mich umdrehte und zurück in die Küche ging und ihn einfach stehen ließ. Ich hörte Daphne kichern, als ich an ihr vorbeiging.

Ich war nicht in der Stimmung für ihn. Er log, dass sich die Balken bogen, genau wie alle anderen in der Stadt. Ich hatte es mehr als satt, mich damit herumzuschlagen.

KAPITEL NEUN

Daphne und ich hatten beschlossen, nach Schließung der Bäckerei einen Kaffee trinken zu gehen, um über das Buch zu sprechen, das sie in New Orleans besorgt hatte. Ich war vor ihr im Café und froh, es ziemlich leer vorzufinden. Das bedeutete, wir würden unsere Ruhe haben. Nachdem ich für uns beide Kaffee bestellt hatte, orderte ich noch ein paar Sandwiches. Ich hatte die Nase voll von Süßem und brauchte etwas Protein. Mit unserer Bestellung in der Hand nahm ich an meinem Lieblingstisch in der hinteren Ecke Platz und wartete auf Daphne.

»Hallo«, sagte ich und sah auf die riesige Tasche, die sie bei sich trug. »Was ist das?«

»Das ist meine Laptoptasche.«

»Du hast deinen Laptop mitgebracht?«, fragte ich verwirrt.

»Nein, darin verstecke ich das Buch. Ich wollte nicht durch die Stadt stolzieren und ein Buch über alte Zauber und Rituale mit mir herumtragen, besonders bei allem, was gerade passiert. Mal ehrlich, hast du überhaupt aufgepasst?«

Ich lachte. »Ich habe aufgepasst, wie du ein bisschen durchdrehst. Du steigerst dich da in deine eigene Paranoia hinein. Niemand wird auf dein Buch starren.«

»Es ist keine Paranoia, wenn es wahr ist«, konterte sie.

»Na gut, na gut, zeig mal her, was du da hast.«

Sie sah sich im Café um, bevor sie das große Buch aus der Tasche zog. Sie legte das Buch auf den Tisch und platzierte dann die Tasche an der Tischkante, um das Buch einigermaßen zu verbergen. Ich verkniff mir ein Lachen.

»Wir sollten das wirklich bei dir oder bei mir zu Hause machen. Ich fasse es nicht, dass ich das Ding hier offen herumliegen habe«, zischte sie.

»Entspann dich. Es ist sowieso niemand hier, und selbst wenn, würde niemand einem alten Buch Beachtung schenken. Benimm dich normal. Iss dein Sandwich und tu so, als wärst du mit einer Freundin zu einem frühen Abendessen verabredet.«

Sie verdrehte die Augen und nahm einen Schluck von ihrem Kaffee. Ich beugte mich vor und schlug das Buch auf. »Okay, sag mir, was ich mir hier ansehe.«

»Eisenhut«, sagte sie, während sie ein paar Seiten in dem Buch umblätterte. »Schau.«

Ich las den Eintrag über Eisenhut und seine vielfältigen Verwendungszwecke in verschiedenen Zaubersprüchen sowie darüber, wie Hexen damit Heiltränke und Salben für eine Vielzahl von Leiden herstellten. Es schien eine ziemlich harmlose Pflanze zu sein.

»Ich verstehe nicht, wie das die Todesursache sein soll«, sagte ich und blickte zu Daphne auf.

»Lies weiter«, befahl sie.

Ich las weiter und mir wurde plötzlich schlecht. »O mein Gott«, murmelte ich. »Es wird durch die Haut aufgenommen?«

Sie nickte. »Ja, lies weiter.«

»Erbrechen, Durchfall und Kribbeln in den Gliedmaßen«, las ich laut vor, während sich mein Magen bei den Worten verkrampfte. »Ihm wäre schwindelig gewesen. Ach du meine Güte, er muss solche Angst gehabt haben. Warum ist er nicht ins Krankenhaus gegangen?«

»Ich weiß es nicht.«

»Vielleicht lag es an der Verwirrung, die das Gift verursacht hat. Kurzatmigkeit und dann im Grunde ein Herzinfarkt. Wie furchtbar«, murmelte ich. »Oh, er tut mir schrecklich leid. Er muss allein gewesen sein. Hätte nicht jemand bemerkt, dass er nach Luft rang?«

»Es kann ziemlich schnell gehen. Vielleicht hat er geschlafen und ist einfach nicht mehr aufgewacht. Wir kennen ja keine Einzelheiten«, erklärte sie.

»Ich hoffe, es ging schnell und war schmerzlos für ihn.«

Beim Lesen über die Auswirkungen des Giftes war mir der Appetit vergangen. Ich konnte mir nicht vorstellen, dass meine Mutter mit diesem Zeug arbeitete und es nie versehentlich berührte.

Als ein paar Kunden hereinkamen, griff Daphne über den Tisch. »Pack es weg«, flüsterte sie, zog das Buch weg und ließ es mit einer einzigen, geschmeidigen Bewegung in der Tasche verschwinden.

»Was machst du da?«, fragte ich mit leiser Stimme. Ich war noch nicht fertig mit Lesen.

»Schau«, zischte sie.

Ich blickte auf und sah, wie Lila und Harold das Café betraten.

»Oh.«

»Ja, oh. Ich will nicht, dass Lila weiß, dass wir der Sache nachgehen. Sie wird es meiner Mutter erzählen, und das ist ein Fass, das ich nicht aufmachen will.«

»Sind die beiden zusammen?«, fragte ich und ignorierte ihre Sorge, entdeckt zu werden.

Daphne drehte sich um, um zu schauen, und lächelte. »Sieht ganz so aus. Meinst du, sie hat ihn wieder verzaubert?«

»Ich weiß nicht. Sie hat gesagt, sie würde es nicht tun. Er wirkt nicht so, als ob.« Ich dachte an unser Gespräch zurück. Ich hatte Lila sogar geraten, einen weiteren Liebeszauber zu wirken. Sie hatte gesagt, sie würde es nicht tun, aber vielleicht hatte sie ihre Meinung geändert.

Wir beobachteten sie noch ein paar Sekunden, bevor sie sich umdrehten und uns dabei erwischten, wie wir sie anstarrten. Lila lächelte und winkte, bevor sie Harolds Hand ergriff und ihn zu uns herüberzog.

»Hallo, Mädels. Was macht ihr beide denn hier? Habt ihr nicht euren eigenen Kaffee?«, fragte Lila in ihrer gewohnt fröhlichen Art.

»Doch, aber dort müssen wir uns selbst bedienen. Hier dürfen wir die Kunden sein. Außerdem hat die Bäckerei geschlossen«, merkte Daphne an.

Harold sah unbehaglich aus, als er neben dem Tisch stand.

»Hallo, Harold«, sagte ich mit einem Grinsen. Mir gefiel es, dass er sich unwohl fühlte. Normalerweise war er derjenige, der bei mir dieses Gefühl auslöste. Ich wollte den Moment genießen, so kurz er auch sein mochte.

»Sind Sie beide auf einen Kaffee hier?«, fragte ich.

Lila strahlte. »Ja, sind wir. Das ist unser erstes offizielles Kaffee-Date.«

»Nun, Lila, wir müssen doch keine Gerüchte in die Welt setzen«, sagte Harold.

Sie gab ihm einen Klaps auf die Schulter. »Ist es aber. Leugne es nicht. Wir lassen euch beide besser wieder allein mit euren Getränken. Harold hat nur wenig Zeit, und ich möchte jede Minute mit ihm verbringen«, sagte Lila mit einem Augenzwinkern.

»Viel Spaß«, sagte ich und winkte lässig, als sie sich umdrehten und weggingen.

Daphne wartete, bis sie am vorderen Tresen waren, bevor sie sich dicht über den Tisch beugte. »Ein Zauber?«

Ich rümpfte die Nase. »Ich weiß nicht. Wenn überhaupt, dann hat sie ihn angehimmelt und nicht umgekehrt. Er sah ein wenig verlegen aus.«

Sie lachte. »Vielleicht ist Harold derjenige, der sie verhext hat. Er benutzt sie, um an Informationen für seine Ermittlungen zu kommen. Oder vielleicht arbeitet er mit den Ermittlern für Übernatürliches zusammen und sie hoffen, dass Lila sich in Harold verliebt und all ihre Geheimnisse ausplaudert! Vielleicht haben sie einen Zauberspruch gefunden und herausgefunden, wie man Magie anwendet.«

Ich verdrehte die Augen. »Ist Harold in dieser kleinen Fantasie, die du dir da ausmalst, jetzt ein Hexer, ein Zauberer oder was?«

Sie zuckte mit den Schultern. »Man kann nie ganz sicher sein, oder?«

»Ich denke schon. Harold ist die unmagischste Person, die ich kenne.«

Sie kicherte und zog wieder das Buch hervor. »Also, glaubst du, sie haben das Akonit benutzt?«

Ich schüttelte den Kopf. »Ich weiß nicht. Unsere Mütter vielleicht nicht, aber womöglich ist das in den Gläsern. In dem Buch stand, dass es früher als Fliegengift verwendet wurde. Es würde mich nicht wundern, wenn sie die alten Methoden den modernen Fliegenfängern vorziehen.«

Daphne nickte. »Und deshalb haben Lila und deine Mutter die Gläser saubergemacht. Sie wollten nicht, dass wir es erfahren, und dachten, sie könnten das Zeug loswerden, bevor wir zu viele Fragen stellen. Was glaubst du, werden sie mit dem Zeug machen?«

»Ich habe keine Ahnung. Warum haben sie uns nicht einfach gesagt, dass sie wussten, dass es in der Fabrik Akonit gibt? Die Tatsache, dass sie es geheim halten, macht mich misstrauisch. Wenn das Zeug alt ist und schon seit Jahren herumsteht, hätten sie uns das doch einfach sagen können«, merkte ich an.

»Schau dir das an«, sagte Daphne und zeigte auf die Seite mit dem Bild der Pflanze, aus der Akonit gewonnen wurde. »Da steht, man muss beim Pflücken Handschuhe tragen. Das ist ein bisschen beängstigend. Ich glaube nicht, dass ich eine Blume pflücken würde, die mich töten könnte, nur weil ich sie berühre.«

»Ich hatte keine Ahnung, dass sie so giftig ist. Schau dir diese Blume an. Kommt sie dir bekannt vor?«

Daphne lachte. »Ich habe keinen grünen Daumen. Für mich sehen alle Blumen gleich aus.«

»Wir müssen nachsehen, ob diese Pflanze zwischen den Blumen meiner Großmutter wächst!«

Ihre Augen weiteten sich, als sie es begriff. »Oh nein! Glaubst du, sie haben es tatsächlich angebaut und geerntet? Es könnten noch mehr Gläser mit dem Zeug in der Fabrik stehen.«

»Wir müssen die Blumen bei jedem zu Hause überprüfen«, sagte ich. »Wir wissen ja, dass sie viele ihrer eigenen Kräuter für ihre Zaubersprüche und Tränke anbauen.«

»Violet, wenn wir das herausgefunden haben, wird es für die Polizei nicht lange dauern. Was, wenn sie anfangen, nach der Pflanze zu suchen und sie finden? Was, wenn sie die Fabrik durchsuchen?«, fragte sie mit schriller werdender Stimme.

»Entspann dich. Es könnte sogar gut sein, dass sie die Gläser saubermachen. Wir werden morgen nach der Pflanze suchen. Es ist ein großer Sprung für sie, anzunehmen, dass irgendjemand von uns etwas mit der Vergiftung zu tun hatte. Außerdem besteht immer die Möglichkeit, dass Harry es bei sich zu Hause hatte, oder vielleicht sogar George es hat. Ich glaube nicht, dass wir schon in Panik geraten müssen«, beruhigte ich sie.

Sie sah nicht besonders überzeugt aus, aber sie bekam keine Gelegenheit mehr, etwas dazu zu sagen, als Lila plötzlich wieder an unserem Tisch auftauchte. Sie zog einen zusätzlichen Stuhl herüber und setzte sich. Daphne schob das Buch schnell in die Laptoptasche und stellte sie neben sich auf den Boden.

»Harold musste zurück zur Arbeit«, sagte sie, und ihr Blick wanderte zu der Laptoptasche auf dem Boden bei Daphnes Stuhl. »Was ist das?«

»Mein Laptop. Eigentlich wollten wir daraus ein Arbeitsessen machen, aber wir können uns morgen um die ganzen Zahlen und die Planung kümmern«, sagte Daphne leichthin.

»Oh, gut. Du musst mal eine Pause machen. Du machst dich noch kaputt, wenn du die ganze Zeit arbeitest. Genieße deinen Erfolg ein bisschen.«

Ich nickte zustimmend. »Harold arbeitet heute lange. Normalerweise arbeitet er nicht so spät, oder?«, fragte ich und versuchte herauszufinden, was sie wusste.

»Er arbeitet an einer großen Ermittlung«, sagte sie mit einem Lächeln.

»Gegen uns? Die Fabrik?«, fragte ich.

»Ich weiß nicht. Er hat es mir nicht gesagt. Ich habe nicht zu viele Fragen gestellt und will nicht zu aufdringlich sein«, erklärte sie.

»Ich glaube, er ermittelt gegen die Fabrik«, behauptete ich, um ihre Reaktion zu testen.

»Meinst du?«, fragte sie lässig. »Wie kommst du darauf?«

»Weil er immer gegen die Fabrik ermittelt, und außerdem hat er mich neulich mit dorthin genommen«, erinnerte ich sie.

»Ach, das.« Sie wischte meine Worte mit einer Handbewegung beiseite. »Er ist nur vorsichtig. Mach dir wegen Harold keine Sorgen. Das habe ich alles unter Kontrolle.«

Daphne und ich wechselten einen Blick.

»Was soll das heißen?«, fragte Daphne. »Hast du noch einen Liebeszauber gewirkt?«

»Nein!«, antwortete Lila schnell. »Ich behalte die Fabrik im Auge. Niemand kommt da rein, ohne dass ich davon erfahre.«

Ich hätte mich bei meinem Schluck Kaffee fast verschluckt. »Was?«

Es war nicht so, dass ich nicht gewusst hätte, dass sie dort gewesen war. Verdammt, ich hatte sie und meine Mutter heimlich beobachtet, aber es beunruhigte mich, dass sie zu oft dort war.

»Ich schaue dort regelmäßig nach dem Rechten. Niemand wird sich da herumschleichen. Wenn ich diesen Mann auch nur in der Nähe der Fabrik erwische, wird er es bereuen«, warnte sie.

»Lila, wirklich, wir haben darüber gesprochen. Lass Harold sich darum kümmern. Das könnte gefährlich sein. Es gibt dort nichts zu finden oder zu stehlen«, betonte ich.

Sie zuckte mit einer Schulter und legte sich auf nichts fest. Das beunruhigte mich mehr als alles andere. Es schien, als hätte vielleicht Lila, mehr als jeder andere, etwas zu verbergen.

KAPITEL ZEHN

Ich streifte meine Schuhe ab und lehnte mich auf der Couch zurück. Meine Gedanken drehten sich immer noch im Kreis. Ich wusste nicht, ob ich Angst vor Lila haben oder Angst *um* sie haben sollte. Ich kannte sie schon mein ganzes Leben. Ich konnte mir nicht vorstellen, dass sie jemals etwas tun würde, das jemanden in Gefahr bringen könnte, aber das war, bevor ich von ihrem Status als Hexe wusste. Es bestand die Möglichkeit, dass viel mehr in Lila steckte, als ich je für möglich gehalten hätte.

Ich wünschte, ich könnte mit meiner Mutter reden. Ich konnte nicht glauben, dass sie wirklich in etwas Böses oder Bösartiges verwickelt sein könnte, aber ich musste mir eingestehen, dass es eine Möglichkeit war.

Ein Klopfen an der Tür schreckte mich auf. Mein Herz schlug einen Takt schneller und ich schluckte den Kloß hinunter, der sich in meinem Hals gebildet hatte. Ich atmete ein paar Mal tief durch, stand auf und schaute aus dem Fenster. Fast brach ich vor Erleichterung zusammen, als ich Gabriel im Schein meiner Verandalampe stehen sah.

»Hey!«, sagte ich und riss die Tür auf. »Mit dir habe ich nicht gerechnet.«

Er lächelte und trat ein. »Gut. Ich wollte dich überraschen.«

»Das ist dir gelungen.«

Ich schloss die Tür hinter ihm ab, eine Angewohnheit, die ich mir erst in den letzten paar Monaten zugelegt hatte. Als ich ganz neu nach Lemon Bliss gezogen war, hatte ich mich vollkommen sicher gefühlt. Dieses Gefühl war verschwunden, nachdem ich direkt in meinem eigenen Vorgarten angegriffen worden war. Zugegeben, das war alles ein Missverständnis gewesen, aber es hatte mich trotzdem ängstlich und vorsichtig zurückgelassen.

»Hast du zu tun?«, fragte er.

»Nö. Ich versuche nur, abzuschalten und mich zu entspannen.«

Ich deutete auf die Couch, folgte ihm dorthin und setzte mich schräg gegenüber von ihm.

Er kam direkt zur Sache. »Okay, was ist los? Du siehst besorgt aus.«

»Willst du ein kaltes Bier?«

»Oh-oh. So schlimm?«

Ich seufzte. »Ja.«

»Dann ja, bitte.«

Ich ging in die Küche, holte zwei kalte Biere aus dem Kühlschrank und kehrte ins Wohnzimmer zurück.

Ich ließ mich neben ihn auf die Couch plumpsen und reichte ihm ein Bier. Er legte einen Arm um meine Schultern und zog mich an sich. »Erzähl mir, was los ist.«

»Verstehst du dich mit George noch gut?«, fragte ich ihn.

Er schnaubte. »Nicht wirklich. Seit ich ihn beschuldigt habe, Artefakte aus dem Museum zu stehlen, kann ich nicht behaupten, dass wir ein freundschaftliches Verhältnis hätten. Ich habe ihn ein paar Mal in der Stadt gesehen, und obwohl er sich nie Mühe gegeben hat, unhöflich zu sein, war er nicht freundlich, und ich war es auch nicht. Warum?«

»Ich muss wissen, wo Harry dieses Gift herhat. Ich muss wissen, ob es in der Fabrik war oder ob sie in anderen Hexenverstecken herumgeschnüffelt haben.«

Er lachte. »Mir war nicht klar, dass Hexen Verstecke haben. Ist das so etwas wie ein Unterschlupf?«, neckte er mich.

»Gabriel, das ist ernst. Kannst du nicht versuchen, dich mit ihm gut zu stellen?«

»Warum sollte ich das wollen? Du magst ihn nicht, und das bedeutet im Umkehrschluss, dass ich ihn auch nicht mag.«

»Ich will ja nicht, dass ihr die besten Freunde werdet«, sagte ich trocken. »Ich möchte nur, dass du herausfindest, was er in der Stadt macht.«

»Okay, okay. Ich versuch's. Ich kann ihn und seine Kumpel von der paranormalen Ermittlung zum Grillen einladen. Reicht dir das?«, fragte er.

»Klingt nach einem Plan.«

Wir lehnten uns zurück und tranken schweigend unser Bier. Ich merkte, dass er etwas sagen wollte.

»Sag mir, was du denkst. Du hältst mich für verrückt, stimmt's?«

Er zuckte mit den Schultern. »Verrückt weiß ich nicht, aber du machst dir viele Sorgen.«

»Hey. Ich versuche nur, dir zu helfen, Freunde zu finden.«

»Ja, von wegen. Du bist neugierig und willst, dass ich dir beim Herumschnüffeln helfe.«

Ich nahm einen langen Schluck von meinem Bier. »Tatsächlich sind George und seine Kumpane die Neugierigen. Sie sind diejenigen, die ständig in meine Fabrik einbrechen«, sagte ich hochmütig.

»Okay, der Punkt geht an dich. Wenn George und seine Freunde wirklich in die Fabrik eingebrochen sind, hast du ein Recht zu erfahren, was sie gefunden haben oder zu finden hofften. Ich schätze, sie haben nur weiter im Trüben gefischt, in der Hoffnung, etwas zu finden, das hängen bleibt. George will sich in der übernatürlichen Welt einen Namen machen. Wenn er auch nur einen winzigen Beweis für das Übernatürliche finden kann, wie er es nennt, hat er gewonnen«, erklärte Gabriel.

»Ich weiß, und ich verstehe das. Ich mache ihm keinen Vorwurf, dass er es versucht. Ich kann ihm gewiss nicht vorwerfen, dass er an das Übernatürliche glaubt – aber nicht in meiner Fabrik. Er darf nichts von meiner übernatürlichen Welt wissen. Es gibt da draußen genug andere Leute, die mit ihren Kräften prahlen. Warum geht er nicht denen nach?«, jammerte ich.

»Weil die zu einfach sind. Die Leute wissen bereits über sie Bescheid. Lemon Bliss ist faszinierend, weil es eines der bestgehüteten Geheimnisse in Louisiana bleibt. Es gab schon immer Gerüchte, aber es gab nie jemanden, der beweisen konnte, dass die Gerüchte wahr sind. George will dieser Jemand sein.«

»Na ja, aber er kann nicht einfach weiter in meine Fabrik einbrechen.«

Gabriel kicherte, küsste mich auf den Scheitel und drückte mich fest an sich. »Das wird schon wieder, Violet.«

»Ich weiß nicht. Ich glaube, das wird so weitergehen, wenn wir dem nicht ein für alle Mal ein Ende setzen. George muss weiterziehen.«

»Wie schlägst du vor, ihn zum Weiterziehen zu bringen?«

»Lila hat einen Zauber vorgeschlagen, um ihn und all seine Kumpel die übernatürliche Präsenz in Lemon Bliss vergessen zu lassen«, sagte ich leise.

»Nein! Das darfst du sie nicht tun lassen, Violet. Es ist nicht in Ordnung, sich in den Verstand von jemandem einzumischen. Es ist mir egal, wie sehr er nervt. Bitte sag mir, dass du ihr gesagt hast, sie soll es nicht tun?«

»Natürlich habe ich das, aber Lila macht, was Lila will.«

»Das geht zu weit«, sagte er bestimmt. »Damit will ich nichts zu tun haben. Ich kann mich nicht mitschuldig machen.«

»Hoffen wir, dass sie es nicht tut. In der Zwischenzeit muss ich die Fabrik besser sichern. Ich habe darüber nachgedacht, den Laden niederzubrennen. Das würde das Problem ein für alle Mal lösen.«

»Nein!«, sagte er, beugte sich vor und drehte sich zu mir um. »Violet, das ist doch Wahnsinn. Die Polizei wird ermitteln und herausfinden, dass die Fabrik nichts mit Harrys Herzinfarkt zu tun hatte.«

Ich seufzte. »Hoffen wir's. Ich weiß, es ist verrückt, sie niederzubrennen, aber ich meine es ernst damit, die Fabrik ein wenig besser zu sichern. Hilfst du mir dabei?«

»Natürlich, Schatz. Ich tue alles, was du brauchst.«

Ich beugte mich vor und küsste ihn. »Ich habe ein Fenster gefunden, durch das sie reingekommen sind. Ich habe es abgeschlossen, aber ich glaube, es wäre am besten, wenn ich einfach alle Fenster im Erdgeschoss zunageln würde.«

Er zuckte mit den Schultern. »Das lässt sich leicht machen.«

»Ich will auch die Türen zunageln«, flüsterte ich.

Er sah mich an. »Was?«

Ich nickte. »Die Fabrik ist riesig. Wenn wir nicht alle Eingänge vernageln, lädt das neugierige Leute nur dazu ein, zu versuchen, hineinzugelangen.«

»Violet, das kannst du nicht tun. Wo werdet ihr dann eure Treffen abhalten?«

Ich zuckte mit den Schultern. »Ich weiß es nicht und es ist mir auch egal.«

»Nein, ist es dir nicht.«

»Gabriel, ich könnte nicht mit mir selbst leben, wenn noch eine Person stirbt, wegen was auch immer in dieser Fabrik ist. Vielleicht waren beide Todesfälle Unfälle, aber die Männer sind trotzdem tot. Ihren Familien fehlt immer noch ein geliebter Mensch.«

»Ich verstehe das, wirklich, aber tu nichts Unüberlegtes, bis die Fakten auf dem Tisch liegen.«

Ich verdrehte die Augen. »Fakt ist, dass die Fabrik ein Nährboden für paranormale oder übernatürliche Aktivitäten ist. Die Ermittler scheinen zu denken, dass sie eine Art Kanal ist. Ich glaube das fast, wenn ich sehe, wie ernst meine Mutter und die anderen Frauen diesen verdammten Ort bewachen.«

»Vielleicht, weil es alt ist und das Grundstück seit Generationen im Besitz deiner Familie ist. Ich bin sicher, dass es einen gewissen sentimentalen Wert hat. Hexerei ist stark in der Tradition verwurzelt. Ich kann verstehen, warum sie Veränderungen fürchten würden«, erklärte er.

»Ich verstehe das, Gabriel. Wirklich, aber ich hasse es, dass es so ein großes Risiko ist. Ich habe das Gefühl, es ist eine Quelle des Ärgers in meinem Leben und wird es immer sein, wenn ich nicht etwas ändere.«

Er lehnte sich zurück und zog mich wieder an sich. »Das muss es nicht sein. Diese Fabrik gibt es seit Jahrzehnten. Das Problem ist George. Und es ist nicht unbedingt George, sondern das Interesse am Übernatürlichen im Allgemeinen. Das ist im Moment eine große

Sache, aber nur im Moment. Das Interesse wird irgendwann nachlassen.«

»Was, wenn noch ein Mann stirbt? Was, wenn jemand übermütig wird, in die Fabrik einbricht und sich ernsthaft verletzt? Ich weiß, dass ich haftbar bin.«

»Lass uns die Fenster vernageln. Wir werden die Schlösser verstärken und die Vordertür zunageln.«

»Das ist für den Moment in Ordnung. Aber wenn sich herausstellt, dass George oder irgendjemand anders es immer noch schafft, da reinzukommen, werde ich ernsthaft in Erwägung ziehen, sie niederzubrennen«, sagte ich bestimmt.

Gabriels Augen bekamen bei seinem Grinsen Fältchen in den Winkeln. »In Ordnung, aber denk an die anderen Hexen. Dein Zirkel verlässt sich sehr auf dich und diesen Treffpunkt. Ich weiß, ihr könntet euch theoretisch überall treffen, aber du kannst nicht leugnen, dass es etwas Besonderes ist, sich an einem Ort zu versammeln, an dem schon deine Vorfahren zusammenkamen.«

»Ich hab verstanden. Können wir jetzt ins Bett gehen? Ich bin fix und fertig.«

Er neigte seinen Kopf, drückte mir einen Kuss in die Halsbeuge, bevor er aufstand. Er nahm die leere Flasche aus meiner Hand und trug sie in die Küche. »Ich bin gleich oben.«

Ich ging nach oben und fühlte mich erschöpft vor lauter Sorgen. Ich wusste, was Gabriel mit der Fabrik meinte. Das Grundstück hatte die Zirkeltreffen seit undenklichen Zeiten beherbergt. Meine Mutter und die anderen sagten, dass unsere Kräfte dort stärker seien, wegen der Restmagie im Raum. Man konnte all unsere Vorfahren fast spüren, wenn wir unsere Gesänge anstimmten. Es war eine kraftvolle Erfahrung, aber ich musste langfristig für uns alle denken. Jede von uns konnte so viel verlieren, wenn es eine formelle Untersuchung der Fabrik gäbe.

Das war ein Risiko, das ich nicht eingehen wollte. Einerseits könnte ich die Stärke unseres Zirkels beschädigen, indem ich unsere Verbindung zur Vergangenheit zerstöre. Andererseits könnte ich unser aller Leben ruinieren, wenn eine oder wir alle als Hexen entlarvt würden. Nicht nur Hexen, sondern praktizierende Hexen mit echten magischen Kräften.

Es gab viel zu bedenken, aber heute Abend würde ich es auf die lange Bank schieben. Ich brauchte Ruhe. Gabriel kam hinter mir ins Zimmer.

»Lass es gut sein«, flüsterte er in der Dunkelheit. »Es wird sich alles von selbst regeln. Und was auch immer passiert, ich bin hier bei dir.«

KAPITEL ELF

Ich hatte verschlafen, aber das war kein Versehen. Gabriel hatte mich zur gewohnten Zeit geweckt, um mir zu sagen, dass Daphne ihm geschrieben hatte, er solle mich noch ein bisschen schlafen lassen. Ich hätte fast widersprochen, habe es dann aber doch gelassen. Ich war erschöpft und brauchte den Schlaf. Die Bäckerei konnte warten.

Als ich endlich aus dem Bett rollte, fühlte ich mich erfrischt und bereit, den Tag in Angriff zu nehmen, einschließlich aller Probleme, die er mit Sicherheit mit sich bringen würde. Ich musste noch ein paar Besorgungen machen, bevor ich in die Bäckerei ging.

Mein erster Halt war die Post. Ich durchwühlte gerade meine Post, als die Stimme meiner Mutter mich aufhorchen ließ.

»Mom?«, sagte ich, blickte auf und sah sie mit einem großen Karton am Schalter stehen.

»Oh. Hallo, Violet. Was machst du denn hier? Solltest du nicht bei der Arbeit sein?«

Ich beäugte den Karton, der aussah, als wäre eine ganze Rolle Packband darum gewickelt, und auf dem auf allen Seiten in großen roten Buchstaben das Wort »ZERBRECHLICH« stand.

»Ich habe mir den Vormittag freigenommen«, erklärte ich und beäugte den Karton.

Es war nicht derselbe Karton aus ihrer Küche und auch nicht der aus der Fabrik.

»Oh, wie schön, du hast dir eine Pause verdient«, sagte sie.

Ich sah ihr in die Augen. »Was hast du da?«

»Oh, nur ein paar Sachen, die ich einer alten Freundin schicke«, antwortete sie.

Sie trat von einem Fuß auf den anderen, ihr Blick wich meinem aus. Ich spürte, dass sie nervös war. Der Postangestellte klatschte einen Aufkleber auf das Paket und nahm es mit hinter den Schalter.

»Was für Sachen denn?«, hakte ich nach.

»Ach, nichts Besonderes. Nur ein paar Dinge, nach denen eine Freundin gesucht hat. Ich habe sie bei meinem Einkaufsbummel in New Orleans besorgt«, fügte sie hinzu.

Ich hasste mich für den Gedanken, aber ich glaubte ihr nicht. Meine Mutter log, dass sich die Balken bogen. Sie bezahlte den Versand und drehte sich dann um, um zur Tür hinauszugehen. Ich folgte ihr nach draußen.

»Mom, was sollte das? Erzähl mir nicht, dass du einer Freundin Sachen schickst. Ich bin doch nicht blöd. Ich weiß, dass das nicht stimmt.«

Sie sah mich mit festem Blick an. »Es ist genau so, wie ich es gesagt habe, und ich finde es nicht gut, dass du mich infrage stellst.«

»Ich finde es nicht gut, dass du mich anlügst.«

»Violet, es tut mir leid, dir das sagen zu müssen, aber ich muss dir nicht alles erzählen, was ich tue. Ich muss mich weder bei dir melden noch dich um Erlaubnis bitten, irgendetwas zu tun. Ich habe mein eigenes Privatleben, das dich nichts angeht«, sagte sie in festem Ton.

»Mom, ich muss nicht jedes Detail deines Lebens kennen. Da hast du vollkommen recht. Aber du und Lila und die anderen habt irgendetwas vor. Ich habe ein Recht darauf zu wissen, was es ist.«

Sie lächelte gezwungen. »Violet, ich sage das jetzt zum letzten Mal. Was ich oder eine der anderen Damen tun, geht dich nichts an. Halt dich da raus!«

Mir klappte der Mund auf. »Mom!«

Sie hob eine mit Juwelen besetzte Hand. »Nein. Ich habe es satt, dass du mich und die anderen ständig beschuldigst, etwas Böses im Schilde zu führen. Du hast ziemlich deutlich gemacht, dass du keinem von uns vertraust, und das ist in Ordnung. Aber erwarte nicht, dass ich hier stehe und mich von dir verhören lasse, nur weil ich ein Paket verschicke.«

»Tut mir leid«, murmelte ich. »Die Dinge fühlen sich einfach ... komisch an. Ich muss nicht alles wissen. Aber das hier ist anders. Und es – was auch immer es ist – ist ernst. Ich mache mir Sorgen, dass wir alle wegen Mordes im Gefängnis landen, ob absichtlich oder nicht.«

»Du überreagierst wie immer, Violet. Ich muss los«, sagte sie und ging zu ihrem Auto.

Ich stand auf dem Bürgersteig und sah ihr nach, müde davon, dass mir die Leute sagten, ich solle mich raushalten. Ich hatte nicht das Gefühl, eine Wichtigtuerin zu sein. Ja, ich wollte wissen, ob bei Menschen, die ich liebte, auf einem Grundstück, das mir gehörte, etwas Gefährliches oder Illegales passierte. Das machte mich nicht zur Wichtigtuerin.

Meine anfängliche Motivation, ein paar Besorgungen zu erledigen, war verflogen. Ich machte mich auf den Weg zur Bäckerei. Mich im Backen zu verlieren, würde meine Anspannung lösen.

»Oh, oh«, sagte Daphne, als sie mein Gesicht sah, kaum dass ich durch die Eingangstür der Bäckerei getreten war.

Ich seufzte. »Oh, oh‹ ist richtig. Ich habe gerade eine kolossale Katastrophe angerichtet.«

»Oh, Violet. Du solltest ausschlafen und faulenzen und nicht losziehen und Ärger machen. Ich werde wohl einen Babysitter engagieren müssen, um dich von Schwierigkeiten fernzuhalten«, sagte sie.

Jack, einer unserer neuen Mitarbeiter, stand neben Daphne an der Theke. Er lächelte und winkte.

»Hi, Jack«, sagte ich, ging an ihm vorbei und flüchtete mich in die Sicherheit meiner Küche.

Daphne folgte mir. »Was ist passiert?«

»Mein Morgen fing großartig an, und dann bin ich zur Post gegangen.«

»Hast du eine Nachricht aus dem Tintenfass bekommen?«, neckte sie mich und spielte auf eines unserer früheren Probleme in diesem Fiasko mit den Ermittlern für Übernatürliches an.

»Nein, aber ich habe meine Mutter gesehen.«

Sie lächelte. »Das kann doch nicht so schlimm gewesen sein.«

»Doch, konnte es. Sie hat ein Paket verschickt. Es war seltsam. Der Karton war mit einer Unmenge Klebeband umwickelt, als ob sie Angst hätte, jemand könnte versuchen, hineinzuschauen. Sie hatte auf fast jede freie Fläche ›zerbrechlich‹ gekritzelt.«

»Das ist komisch.«

»Das kann man wohl sagen. Und als ich sie fragte, was es sei und an wen sie es schicke, wurde sie total pampig. Am Ende haben wir uns draußen gestritten. Ich habe ihr gesagt, dass ich mir Sorgen um sie und die anderen mache und wüsste, dass sie nicht die Wahrheit sagt. Sie hat mir tatsächlich gesagt, ich solle mich raushalten.«

Jack rief von vorne nach Hilfe. Daphne eilte davon. Ich machte mich ans Backen und bereitete alles für die große Vorbereitungsaktion vor, die Daphne und ich einmal pro Woche machten. Das bedeutete, dass wir heute Abend lange arbeiten würden, aber ich liebte diese Zeit. Die Bäckerei wäre geschlossen und wir konnten ungestört reden und Musik hören. Es war lustig und entspannend.

Der Tag verging wie im Flug. Als die Bäckerei schloss, atmete ich erleichtert auf. Ich war froh, den Tag ohne Überraschungsbesuche von meiner Mutter oder einer der anderen Hexen überstanden zu haben. Nach der ersten Runde mit meiner Mutter heute Morgen war ich nicht in der Stimmung für einen Kampf mit ihnen.

»Okay, ich muss dir was sagen, und es wird dir nicht gefallen«, sagte Daphne, sobald Jack gegangen war. Sie band sich eine Schürze um und lehnte sich an den Arbeitstisch mir gegenüber.

»Oh nein. Erzähl.«

»Meine Mom hat ein ähnliches Paket verschickt. Ich habe heute Morgen, bevor ich zur Arbeit kam, bei ihr vorbeigeschaut, und das Paket stand auf dem Küchentisch. Sie meinte, sie wäre gerade auf dem Sprung und hat mich quasi rausgeschubst, bevor ich es mir genauer ansehen konnte«, erklärte sie.

Ich hörte auf, den Teig vor mir auszurollen, und blickte auf, um zu sehen, ob sie das ernst meinte. »Was?«, kreischte ich. »Und das sagst du mir erst jetzt?«

»Es ist ja nicht so, als hättest du früher etwas tun können, und ich wollte dich nicht noch mehr aufregen. Außerdem hatten wir viel zu tun und da Jack hier war, hätten wir sowieso nicht darüber reden können. Entspann dich.«

»Was ist hier los? Wie kann es sein, dass unsere beiden Mütter ähnliche Pakete verschicken?«

Daphne zuckte mit den Achseln. »Ich habe keine Ahnung, was los ist. Meine Mom hat sich wegen dieses Pakets definitiv verdächtig verhalten.«

»Das sind Beweismittel«, stellte ich fest. »Das müssen sie sein. Sie wissen, dass es nur eine Frage der Zeit ist, bis Harold oder die Staatspolizei anfängt, im Tod dieses armen Kerls zu wühlen. Sie schicken die Beweismittel an jemanden, aber an wen? Gibt es noch mehr Hexen?«

»Natürlich gibt es mehr Hexen. Ich weiß nicht, wer oder wo sie sind, aber es würde Sinn ergeben, dass unsere Mütter andere Hexen kennen. Ich frage mich, ob sie Hexenkongresse haben?«, fragte sie.

»Ich weiß es nicht. Wir haben jetzt keine Zeit, darüber nachzudenken. Wir müssen wissen, was sie verbergen. Ich kann nicht glauben, dass sie tatsächlich etwas verbergen! Ich meine, vorher war es so, dass wir es vermutet haben, aber wir wussten es nicht mit Sicherheit. Jetzt wissen wir es mit Sicherheit, und ich flippe gerade ein bisschen aus.« Meine Stimme klang sogar in meinen eigenen Ohren schrill.

»Entspann dich. Wir werden das schon herausfinden, Violet. Und wenn nicht, ist es vielleicht das Beste so. Ich glaube nicht, dass ich wissen will, ob meine Mutter in einen Mord verwickelt ist.«

Ich schüttelte den Kopf. »Daphne, wir müssen es wissen. Was ist, wenn wir eines Nachts im Versammlungsraum des Zirkels abhängen, um unsere Zaubersprüche zu üben, und die Polizei eine Razzia durchführt? Wir könnten alle ins Gefängnis kommen!«

Sie brach in Gelächter aus. »Wer ist jetzt paranoid?«

»Das ist nicht witzig, Daphne!«

»Nein, das ist es nicht, aber wir müssen doch nicht gleich in totale Panik verfallen, oder?«

»Ich werde in die Post einbrechen und diese Pakete holen«, sagte ich, als mir die Idee aus heiterem Himmel in den Kopf schoss.

Daphne schaute auf ihre Uhr. »Die sind jetzt schon längst weg. Ich bin mir ziemlich sicher, dass die letzte Abholung um vier ist.«

»Nein«, stöhnte ich. »Wie sollen wir herausfinden, wohin diese Pakete gehen oder was sie enthalten?«

»Wir könnten fragen?«

»Äh, das habe ich versucht. Das ist nicht so gut gelaufen.«

Daphne sah nachdenklich aus. »Violet, ich glaube, wir müssen uns eingestehen, dass unser Zirkel nicht so unschuldig ist.«

»Das will mir nicht in den Kopf.«

»Ich weiß, es ist schockierend, aber ich denke, wir müssen aufpassen, was wir sagen und tun. Wir dürfen sie nicht wissen lassen, dass wir misstrauisch sind. Konfrontiere deine Mutter nicht noch einmal. Wir wollen sie nicht zu weit treiben.«

Jetzt war Daphne diejenige, die übertrieb. »Sie würden uns nichts antun.«

Sie starrte mich an. »Wenn es eine Sache gibt, die ich gelernt habe, seit wir herausgefunden haben, dass wir Hexen sind, dann ist es, dass sie ihr Geheimnis *sehr* gut hüten. Es könnte noch mehr Geheimnisse aus der Vergangenheit geben, die sie verborgen halten müssen. Vielleicht sind andere gestorben, aber niemand hat ein Verbrechen vermutet.«

Ich schüttelte den Kopf und weigerte mich, zu glauben, was sie mir erzählte. Mir wurde schlecht davon. »Ich kann nicht fassen, dass wir beide deswegen hierher zurückgezogen sind. War das die ganze Zeit ihr Plan? Könnten sie Hexerei benutzt haben, um uns hierher zu bekommen?«

Sie zuckte mit den Achseln. »Ich glaube, wir müssen an diesem Punkt davon ausgehen, dass alles möglich ist.«

»Das will ich nicht glauben – noch nicht. Wir warten ab und sehen, ob Harold anfängt, Fragen zu stellen. Man muss den Teufel nicht an die Wand malen«, sagte ich.

Sie nickte. »Gut. Wir bleiben cool. Aber Violet?«

»Hmm?«

»Ich gehe zu keinen Zirkeltreffen, bis wir wissen, was los ist.«

Ich wollte ihr sagen, dass sie übertrieben dramatisch war, aber ich teilte denselben Gedanken. Das Letzte, was ich tun wollte, war, mich in einen geheimen Raum im Keller eines verlassenen Gebäudes zu begeben – mit vier Frauen, die vielleicht Mörderinnen waren oder auch nicht.

Nein danke, da passe ich.

KAPITEL ZWÖLF

Jeder Mensch hat ein Gewissen, diese kleine Stimme, die uns durchs Leben leiten soll. Zwischen Gewissen und gesundem Menschenverstand können die meisten Leute vernünftige, rationale Entscheidungen treffen. Ich gehörte zu den wenigen Glücklichen, die jede Vernunft und Rationalität über Bord werfen und richtig dumme Dinge tun konnten, ohne mit der Wimper zu zucken. Was für ein Glück für mich.

»Ich muss mal kurz raus«, verkündete ich ein paar Tage später Daphne und Jack, die gerade die Tische im Gastraum abwischten.

Daphne zog eine Augenbraue hoch. »Wirklich?«

Ich nickte. »Ja, ich bin im Nu wieder da.«

»Violet«, sagte Daphne mit warnendem Unterton.

»Falls jemand fragt, sag einfach, ich sei zu beschäftigt, um nach vorn zu kommen«, sagte ich mit einem spielerischen Augenzwinkern.

Ich wusste, dass Daphne verstehen würde, worauf ich hinauswollte. Wenn meine Mutter oder eine der Hexen vorbeikam, brauchten sie sich nicht zu fragen, wo ich steckte.

»Sei vorsichtig«, warnte sie.

»Immer«, erwiderte ich und ging in die Küche, um durch die Hintertür zu verschwinden.

Ich fuhr durch die Stadt und entdeckte meine Mutter und Lila im einzigen Friseursalon des Ortes. Ich fuhr die Main Street entlang und grinste in mich hinein, als ich Coral und Magnolia zusammen im Crooked Coffee sah.

Perfekt.

Mein erster Halt war bei Coral. Ich nutzte meine Kräfte, um ihre Hintertür aufzuschließen, und ging hinein. Ich durchsuchte das Haus nach Kartons aus der Fabrik oder Paketen, die verschickt werden sollten. Ich fand nichts Belastendes und ging schnell wieder, um mich auf den Weg zu Magnolias Haus zu machen. Wieder genügte eine schnelle Handbewegung, und schon war ich drinnen. Dieses Einbrechen war mit Magie kinderleicht. Den Anflug von Schuldgefühlen schob ich beiseite, indem ich mir sagte, dass es für einen guten Zweck war.

Allerdings verlor ich langsam die Hoffnung, etwas zu finden, das mir einen Hinweis darauf geben würde, was sie verbargen, denn ich fand nichts Verdächtiges.

Nachdem ein weiterer Besuch im Haus meiner Mutter nichts ergeben hatte, überlegte ich, zur Bäckerei zurückzukehren, dachte mir aber, wenn ich schon drei durchsucht hatte, konnte ich auch noch das vierte durchsuchen.

In Lilas Haus fand ich schließlich einen Hinweis. Es war nichts weiter als eine Reihe staubiger Gläser auf einem Regal im Keller. Die Gläser ähnelten denen in der Fabrik, aber ich konnte nicht sagen, ob sie genau gleich waren. Ich schnappte mir eines der Gläser und verschwand schnell. Ich hatte mein Glück schon genug herausgefordert und wollte nicht riskieren, dass eine von ihnen nach Hause kam und mich beim Herumschnüffeln erwischte.

Ich fuhr zurück zur Bäckerei, schlüpfte durch die Hintertür und hoffte, dass niemand vorbeigekommen war, um nach mir zu suchen. Nachdem ich meine Schürze umgebunden hatte, ging ich nach vorn.

»Hey«, begrüßte mich Daphne. »Alles gut?«

Ich zuckte leicht mit den Schultern. »Vielleicht.«

Sie nickte und wandte sich an Jack. »Halt du die Stellung. Ich bin gleich wieder da.«

Wir gingen zusammen in die Küche.

»Na?«, fragte sie.

»Nichts.«

»Verdammt!«

»Ich weiß. Ich habe aber ein paar Gläser in Lilas Keller gefunden. Ich kann nicht mit Sicherheit sagen, ob es die gleiche Sorte ist wie die aus dem Keller der Fabrik, aber sie sehen ähnlich aus. In dem, das ich mitgenommen habe, ist irgendwas drin.«

Sie kicherte. »Gläser sind Gläser. Was ist das für ein Zeug?«

»Keine Ahnung, aber ich dachte, wir könnten es vielleicht testen lassen.«

»Wo testen lassen?«

»Weiß ich nicht.«

»Violet, ich glaube nicht, dass es sicher für dich ist, da wieder reinzugehen.«

Ich nickte. »Deshalb habe ich mir ja eins aus Lilas Keller geschnappt, damit ich das nicht muss.«

»Hast du das?«, fragte sie mit großen Augen.

»Ich glaube nicht, dass sie es vermissen wird. Da standen jede Menge auf dem Regal und sie sind alle staubig. Ich glaube nicht, dass sie sie seit Jahren angefasst hat.«

»Lass mal sehen«, sagte sie aufgeregt.

»Es ist in meinem Auto. Ich wollte es nicht hier hereinbringen.«

»Dann lass uns los.«

Wir gingen hinten raus. Ich öffnete meine Autotür und fischte unter dem Sitz das Glas hervor, das halb mit einer weißen, schmierigen Substanz gefüllt war.

»Igitt, das sieht eklig aus«, kommentierte Daphne.

»Ich weiß. So sah das Zeug in der Fabrik auch aus. Für mich sieht es wie eine Salbe oder Schmalz aus.«

»Das ist dann also eine Salbe?«

Ich zuckte mit den Schultern. »Keine Ahnung. Es könnte diese Fliegensalbe sein, von der wir in dem Buch gelesen haben. Aber ich werde sie bestimmt nicht anfassen, um das herauszufinden.«

»Wir brauchen dieses Buch«, sagte Daphne. »Ich fahre schnell nach Hause und hole es.«

»Nein! Wir müssen warten. Ich komme nach der Arbeit bei dir

vorbei. Ich bringe Essen zum Mitnehmen mit, und falls jemand fragt, können wir sagen, wir machen einen Mädelsabend.«

Sie nickte. »Gute Idee. Vergiss den Wein nicht.«

Ich lachte und legte das Glas zurück in mein Auto. Den Rest des Tages grübelte ich beim Backen darüber, was in diesen Gläsern war. Ich kam nicht umhin, mich zu fragen, ob es Gift war. Die Frage, deren Antwort ich fast fürchtete, war, wie das Zeug in Lilas Keller und in die Fabrik gelangt war, falls sich herausstellen sollte, dass es genau dasselbe war, das Harrys Tod verursacht hatte.

Daphne und ich erledigten eilig unsere Aufgaben zum Ladenschluss, weil wir es kaum erwarten konnten, zu ihr nach Hause zu kommen. Sie fuhr schon mal los, während ich noch beim kleinen Lebensmittelladen in der Stadt anhielt und ein paar Tiefkühlpizzen und eine Flasche Wein besorgte. Ich machte mir nicht die Mühe, erst nach Hause zu fahren, sondern fuhr direkt zu ihr. Ich schickte Gabriel eine kurze Nachricht, um ihm mitzuteilen, dass ich den Abend bei Daphne verbringen würde.

»Wo ist es?«, fragte Daphne, sobald ich zur Tür hereinkam.

Ich hielt eine Papiertüte hoch. »Ich wollte es nicht öfter anfassen als unbedingt nötig. Außerdem wollte ich nicht, dass jemand das Glas sieht, falls man mich hier hätte hereinkommen sehen.«

Sie lächelte. »Gut mitgedacht. Ich wusste doch, dass du irgendwann auf meinen Paranoia-Zug aufspringen würdest.«

»Ich bin definitiv paranoid. Tatsächlich stehe ich kurz vor einer ausgewachsenen Panikattacke. Wenn dieses Zeug Eisenhut ist, können wir uns, glaube ich, keine Ausreden mehr für Lila ausdenken. Wir müssen zugeben, dass sie hinter der Vergiftung von Harry steckt.«

»Malen wir den Teufel noch nicht an die Wand. Zuerst lesen wir und stellen ein paar Online-Nachforschungen an.«

»Ich dachte, du hättest gesagt, es sei nicht klug, online zu suchen?«

»Oh, verflixt, das stimmt. Okay, lass uns erst lesen und dann entscheiden, ob wir in Panik ausbrechen.«

Daphne schob die Pizzen in den Ofen, während ich in dem Buch nachsah. Wir verbrachten fast zwei Stunden mit Lesen und versuchten, mehr über die Salben herauszufinden, die die alten Hexen für die verschiedensten Zwecke verwendeten. Leider kamen wir zu keinem

Ergebnis. Ohne die Substanz testen zu lassen, gab es keine endgültige Antwort.

»Das können wir nicht«, sagte Daphne kopfschüttelnd. »Wenn wir das in irgendein Labor bringen, belasten wir uns selbst. Die werden uns nicht glauben, wenn wir sagen, dass wir es gefunden haben.«

Ich stöhnte frustriert auf. »Warum sagen sie es uns nicht einfach? Wenn das irgendein altmodisches Muskelentspannungsmittel ist, könnten sie das doch einfach sagen.«

»Aber wenn es das nicht ist, können sie nicht einfach herausplatzen und uns erzählen, dass es ein Mordwerkzeug ist.«

»Was machen wir jetzt damit, wo wir es haben?«, fragte ich und blickte auf die Papiertüte mit dem Glas darin.

»Ich will es nicht hier haben!«, sagte Daphne alarmiert.

»Ich will es auch nicht!«

»Wir müssen es verstecken.«

»Wo?«

Wir schwiegen, während wir unsere begrenzten Möglichkeiten abwägten. »Wir könnten es vergraben.«

»Wo?«, wiederholte sie ihre Frage.

Ich seufzte. »Ich werde es in den Blumenbeeten meiner Groß-mutter vergraben. Bei ihrer Magie kann nichts diese Dinger umbrin-gen. Hoffe ich«, murmelte ich.

»Gut. Aber mach es heute Nacht, wenn dich niemand dabei sehen kann.«

»Oh, das wird überhaupt nicht verdächtig aussehen. Ich arbeite für gewöhnlich mitten in der Nacht im Garten«, sagte ich sarkastisch.

Daphne kicherte. »Naja, du könntest sagen, du beerdigst deinen Goldfisch.«

»Ich habe keinen Goldfisch.«

Sie zwinkerte. »Jetzt nicht mehr.«

»Manchmal machst du mir ein bisschen Angst.«

Sie wackelte mit den Augenbrauen. »Du solltest dich auch fürchten.«

»Ich gehe nach Hause. Ich muss meinen falschen Goldfisch beer-digen und dann den Küchenschmutz abduschen. Wir sehen uns morgen«, sagte ich, schnappte mir die Papiertüte und ging zur Tür hinaus.

»Willst du deine Pizza oder den Wein?«, fragte Daphne und hielt die ungeöffnete Flasche hoch.

»Nein. Lass dir die Pizza schmecken, und den Wein werden wir sicher ein andermal brauchen.«

Nachdem ich das Glas hinter einer Blumenwand vergraben hatte, kroch ich ins Bett und hoffte auf eine gute Nachtruhe. Stattdessen wurde ich von Träumen geplagt, in denen giftige Blumen an den Wänden des Hauses emporrankten. Niemand konnte hinein und ich konnte nicht hinaus, ohne von den Blumen angegriffen zu werden.

Als es endlich Zeit war aufzustehen und zur Arbeit zu gehen, war ich tatsächlich froh, aus dem Bett zu kommen und in die Bäckerei zu fahren. Ich musste beschäftigt sein, um meine Träume aus dem Kopf zu bekommen. Ich hoffte, sie waren nicht irgendeine Art von Vorahnung.

»Hast du es getan?«, fragte Daphne, als sie in die Küche kam.

»Habe ich. Hoffentlich stellt es nichts Verrücktes an, wie die Blumen zu töten; oder schlimmer, sie in böse, giftige Ranken zu verwandeln, die wachsen und wachsen, bis sie mich in meinem eigenen Haus einschließen und jeden bedrohen, der sich nähert.«

»Wie bitte?«, fragte sie verwirrt.

»Nichts. Ich verliere nur Stück für Stück den Verstand.«

»Okay«, erwiderte sie mit einem langsamen Kopfschütteln, bevor sie nach vorne ging, um die Bäckerei aufzuschließen.

Später am selben Morgen, als ich gerade die Vitrine bestückte, schlenderte Magnolia herein.

»Hallo, Mädels«, begrüßte sie Daphne und mich.

»Guten Morgen«, erwiderten wir wie aus einem Munde.

Magnolia sah uns mit misstrauischen Augen an. Wir waren zu nett. Das wusste ich, aber ich überkompensierte mein Schuldgefühl. Ich fühlte mich schuldig, weil ich sie verdächtigte, eine Mörderin zu sein. Das war nichts, was man leicht verbergen konnte. Zumindest für mich war es nicht einfach.

Ich widmete mich wieder meiner Aufgabe, die Vitrine zu füllen, während Daphne ihrer Mutter einen Kaffee und einen Muffin holte.

»Daphne, warst du gestern beim Haus?«, fragte Magnolia.

»Nein, Mom. Warum fragst du?«

»Als ich nach Hause kam, hatte ich das Gefühl, dass jemand im Haus gewesen war. Ich dachte, vielleicht wärst du vorbeigekommen, als ich weg war.« Sie sprach unschuldig genug, aber ich hatte das Gefühl, dass sie auf etwas anspielte.

Ich tat mein Bestes, sie zu ignorieren und so zu tun, als sei alles in Ordnung. Daphne schien dasselbe zu versuchen, scheiterte aber kläglich.

»Ich war den ganzen Tag hier, und gestern Abend kam Violet nach der Arbeit vorbei, wir haben Pizza gegessen und eine ganze Staffel ›Friends‹ auf Netflix geschaut«, plapperte sie drauflos.

Ich versuchte, ihr ein Zeichen zu geben, den Mund zu halten, aber es funktionierte nicht.

»Hm. Naja, das ist seltsam. Ich schwöre, ich konnte die Anwesenheit von jemandem spüren. Vielleicht spielen mir meine Sinne einen Streich«, sagte sie mit einem Lächeln, nahm ihre Sachen und ging zur Tür hinaus.

Sobald sie weg war, sahen Daphne und ich uns an. »Sie weiß es. Sie weiß es, und das war ihre Art, mir zu sagen, dass sie es weiß. Wahrscheinlich wissen sie es alle«, zischte ich und versuchte, meine aufsteigende Panik zu beruhigen.

»Sie können es nicht wissen«, sagte Daphne und versuchte, mich zu beruhigen.

Ich legte den Kopf schief und beäugte sie. »Doch, das können sie. Du weißt das genauso gut wie ich. Sie wissen, dass wir herumgeschnüffelt haben. Ich frage mich, ob Lila weiß, dass ich das Glas genommen habe.«

»Ich hoffe nicht.«

Daphnes Telefon und meins piepten beide. Ich beschloss, meins zu ignorieren, aber Daphne zog ihres heraus. Ich sah zu, wie ihr Gesicht blass wurde. »Oh nein.«

»Was? Was ist los?«

Ich kramte mein Handy aus der Tasche, um die Nachricht selbst zu lesen. Mir sank das Herz in die Hose. »Oh nein«, wiederholte ich Daphnes Antwort.

»Gehen wir?«, flüsterte sie.

»Ich glaube, wir müssen.«

»Das ist schlimm, richtig schlimm«, murmelte Daphne.

Ich starrte auf die Gruppennachricht. Heute Abend gab es eine Dringlichkeitssitzung. An der Formulierung erkannte ich, dass sie nicht freiwillig war. Ich steckte in ernsthaften Schwierigkeiten. Das konnte ich spüren.

KAPITEL DREIZEHN

Ich war ein nervliches Wrack. Genauso wie Daphne. Keine von uns konnte sich den Rest des Tages konzentrieren. Ich habe drei Fuhren Kekse verbrannt, bevor ich schließlich einfach aufgegeben habe. Ich wollte keine Angst vor meinen Hexenschwestern haben, aber ich hatte sie. Da war eine böse Vorahnung, die ich nicht abschütteln konnte, egal, wie sehr ich es auch versuchte.

Als es Zeit war, die Bäckerei zu schließen, tat ich es mit dem Gedanken, dass es das letzte Mal sein könnte. Es bestand die Möglichkeit, dass ich morgen nicht in der Bäckerei sein würde. Ich hatte keine Ahnung, was Hexen taten, um andere Hexen zu bestrafen. Meine Fantasie ging mit mir durch und Daphnes ständige Vermutungen machten die Sache auch nicht besser. Letztendlich war ich diejenige, die in die Häuser eingebrochen ist. Ich war es, die Lila und meine Mutter in der Fabrik ausspioniert hat. Ich war bereit, für Daphne den Kopf hinzuhalten, wenn es hart auf hart kommen sollte.

In der Nachricht stand, wir sollten nicht bei der Fabrik parken, falls jemand zufällig unsere Autos sehen sollte. Wir sollten alle zu Fuß kommen. Ich hoffte, es war keine Falle. In meinem Kopf hatte ich mir schon alles ausgemalt. Ich würde bei einem mitternächtlichen Spaziergang überfallen und getötet werden. Meine Geheimnisse würden mit mir sterben und der Zirkel wäre in Sicherheit.

Ich benahm mich lächerlich. Hoffte ich zumindest. Ich beschloss, dass ich es vorziehen würde, so zu gehen. Ich wollte nicht durchmachen, was Harry durchgemacht hatte. Ich hatte die Symptome gelesen und sie klangen ganz und gar nicht angenehm.

»Bist du bereit?«, fragte Daphne und parkte ihr Auto bei derselben Hütte, die ich vor ein paar Nächten benutzt hatte, um mein Auto zu verstecken.

»Bin ich. Bringen wir's hinter uns. Falls das hier schiefgeht, sag bitte Gabriel ...«

»Hör auf damit! Wag es ja nicht, so zu reden. Sie werden uns nicht umbringen«, zischte sie.

»Sie werden *dich* nicht umbringen. Vielleicht löschen sie einfach meine Erinnerungen und schicken mich fort. Damit könnte ich leben«, sinnierte ich.

Sie antwortete nicht. Wir gingen beide schweigend die Schotterstraße entlang und folgten dem Lichtkegel unserer Taschenlampe. Wir schafften es hinein und gingen nach unten. Ich konnte mich des Gefühls nicht erwehren, in eine Schlangengrube zu gehen.

»Wir sind da«, verkündete Daphne.

Die anderen Frauen waren schon da. Keine Überraschung. Ich konnte mir vorstellen, dass sie Pläne schmiedeten.

»Setzt euch«, sagte meine Mutter und stand von ihrem Stuhl auf.

Gemeinsam gingen Daphne und ich hinüber und setzten uns auf die einzige leere Couch im Raum. Ich holte tief Luft und bereitete mich auf das vor, was, wie ich vermutete, ein intensives Verhör sein würde, gefolgt von irgendeiner schrecklichen Strafe.

Ich sah zu Lila. Sie saß in einem Ohrensessel und rang nervös die Hände. Ihr sonst perfekt frisiertes Haar war ein ziemliches Chaos. Ihre Nervosität trug überhaupt nicht dazu bei, meine eigenen Nerven zu beruhigen.

»Jemand ist neulich in jedes unserer Häuser eingebrochen«, begann meine Mutter. »Wir vermuten, dass es George oder einer seiner Partner gewesen sein könnte.«

Daphne und ich wechselten einen Blick. »Oh«, sagte ich mit leicht gepresster Stimme.

»Ja!«, kreischte Lila. »Sie haben etwas aus meinem Haus gestohlen!«

»Was haben sie denn gestohlen?«, fragte ich und tat unwissend.

Lila blickte sich im Raum um. »Ein Glas.«

»Ein Glas?«, hakte ich nach.

»Ja, ein Glas. Es war mein Glas. Sie hatten nichts in meinem Keller zu suchen.«

»Das Glas war in deinem Keller? Woher weißt du, dass sie ein einzelnes Glas mitgenommen haben?«, fragte ich in der Hoffnung, sie würde zugeben, was wirklich darin war.

»Violet, ich bin nicht so alt und senil. Ich weiß, wenn etwas fehlt«, schoss sie zurück.

Ich nickte und ließ es fallen – für den Moment.

»Was ist so wichtig an einem Glas?«, fragte Daphne.

Magnolia räusperte sich. »Es geht nicht nur um den Inhalt des Glases. Es geht um die Tatsache, dass jemand eingebrochen ist und es mitgenommen hat. Niemand würde das tun, wenn er nicht vermuten würde, dass das Glas wichtig ist.«

»Du meinst, jemand dachte, das Glas sei wertvoll?«, bohrte ich nach.

Niemand sagte ein Wort. Die Spannung im Raum war zum Schneiden dick. Ich machte mir keine Sorgen mehr, dass sie mich des Verbrechens verdächtigten. Allerdings war ich besorgter denn je, dass sie des wahren Verbrechens schuldig waren.

»Natürlich war es wertvoll. Es war meins«, sagte Lila.

Coral stand auf und begann, in dem kleinen Bereich auf und ab zu gehen. »Du hast vorhin die Eisenhut-Vergiftung erwähnt, Violet. Warum?«

»Ich hab's dir doch gesagt. Der Bericht des Gerichtsmediziners hat ergeben, dass Eisenhut-Toxizität Harrys Tod verursacht hat.«

Sie nickte. »Du hast aber nach der Verwendung von Eisenhut in der Hexerei gefragt. Warum?«

Ich mochte es nicht, ausgefragt zu werden. Ich wollte *sie* ausfragen. Meine anfängliche Erleichterung war nur von kurzer Dauer gewesen und ich hatte das Gefühl, dass man mit mir gespielt hatte. Sie wussten doch, dass ich es war, und hofften, mich bei einer Lüge zu ertappen.

»Das haben wir«, sprang Daphne ein.

»Es gibt eine Menge Spannungen zwischen uns«, sagte ich, der Spielchen überdrüssig. »Ihr verbergt etwas, und ich will wissen, was es ist.«

»Violet«, sagte meine Mutter mit leiser Stimme.

»Ihr schleicht hier in der Fabrik herum, weicht direkten Fragen aus, und dann haben wir euch gesehen, wie ihr sehr verdächtige Pakete verschickt habt. Ob es euch passt oder nicht, Daphne und ich haben ein Recht zu erfahren, ob es diesen Zirkel betrifft. Ihr habt uns hierher geholt und uns zu einem Teil des Zirkels gemacht, was bedeutet, dass wir für alles, was der Zirkel zu verantworten hat, genauso verantwortlich sind«, sagte ich und machte mir nicht die Mühe, meinen Frust zu verbergen.

»In der Fabrik herumschleichen?«, fragte Coral.

»Ja! Lila ist ständig hier, das hat sie mir selbst gesagt!«

»Beruhigt euch alle«, sagte Magnolia und versuchte, die aufkommenden Gemüter zu besänftigen.

»Mom, willst du uns bitte sagen, was du vor uns verbirgst?«, fragte Daphne.

»Ich glaube nicht, dass wir etwas verbergen, das dich etwas angeht.«

Ich hielt es keine Sekunde länger im Sitzen aus und stand auf. Ich ging hinter dem Sofa entlang auf die kleine Speisekammer zu.

»Was ist das?«, fragte ich und riss die Tür auf. »Was sind das für Gläser? Ist da Gift drin?«

Ich hörte das Keuchen hinter mir. Wahrscheinlich hatte ich mich gerade verraten, aber das war mir inzwischen egal.

»Violet«, setzte meine Mutter an. »Woher wusstest du, dass die Gläser da drin sind?«

»Ich habe geschnüffelt. Ihr seid nicht die Einzigen, die hier hereinkommen können, wann immer euch danach ist. Falls ihr es vergessen habt, diese alte Fabrik gehört tatsächlich mir. Ich bin hergekommen und habe mich umgesehen. Es ist offensichtlich, dass ihr etwas verbergt. Ich habe diese Gläser gefunden, und seltsamerweise fehlen ein paar davon. Sie wissen nichts davon, nehme ich an,

Lila? Du etwa, Mom?«, fragte ich und durchbohrte sie mit meinem Blick.

Der Raum war totenstill, und ich konnte mein eigenes Herz in meiner Brust hämmern hören.

»Ich glaube, wir sind vom Thema abgekommen«, sagte Coral und räusperte sich. »Es nützt niemandem etwas, mit wilden Anschuldigungen um sich zu werfen.«

»Ich finde sie gar nicht so wild«, erwiderte ich und klang dabei weitaus ruhiger, als ich mich fühlte. »Ich will wissen, ob die Möglichkeit besteht, dass Harry vergiftet wurde, nachdem er mit etwas in Berührung kam, das hier gelagert wird.«

»Das können wir unmöglich beantworten. Ich glaube nicht, dass eine von uns dabei war, als er starb«, antwortete Magnolia.

Ich verdrehte die Augen. »Die Unwissende können Sie nicht ewig spielen. Wenn Harold anfängt, diese Fragen zu stellen, haben Sie besser eine bessere Geschichte parat als er. Was ist in den Gläsern?«

»Wir wissen es nicht genau, Violet«, sagte meine Mutter. »Diese Tränke gibt es schon seit mehreren Generationen.«

»Ach, komm schon«, schnaubte ich. »Glaubst du wirklich, ich kaufe dir ab, dass du keine Ahnung hast, was in diesen Gläsern ist? Seid ihr nicht im Geringsten neugierig oder besorgt? Was, wenn ihr zum falschen Glas greift und am Ende jemanden tötet?«

»Wir benutzen diese Gläser nicht«, warf Lila ein. »Aber das bedeutet nicht, dass wir alles wegwerfen müssen. Deine Generation hat keinen Respekt mehr vor den alten Sitten.«

Daphne lachte. »Wir respektieren alles Alte, außer alte Mörder. Ich habe das Gefühl, das Gesetz wird das genauso sehen. Einfach zu behaupten, ihr wisst nicht, was in den Gläsern ist, wird nicht lange funktionieren.«

»Tja, ich schätze, es ist ein Glück, dass niemand hier herunterkommen kann«, sagte Coral.

»Vorerst«, murmelte ich.

»Für immer«, korrigierte Coral.

»Also, ich verstehe einfach nicht, warum Lila sich solche Sorgen um ein fehlendes Glas macht. Der einzige Grund, warum sie besorgt wäre, ist, wenn sie etwas zu verbergen hätte. Genauso wie sie sich Sorgen macht, dass die Ermittler für Übernatürliches in der Fabrik herumschnüffeln«, sagte ich und sah sie direkt an. »Sind Sie besorgt, dass jemand verletzt werden könnte, wenn dieses Glas in die falschen Hände gerät, Lila?«, fragte ich.

»Genug, Violet«, sagte meine Mutter bestimmt.

Dieses frühere Gefühl des drohenden Unheils überkam mich wieder. Ich könnte mich hier um Kopf und Kragen reden. Es war offensichtlich, dass keine der Hexen reinen Tisch machen würde.

»Also, ich sehe keinen Sinn darin, noch eine Minute länger hier herumzuhängen. Ich bin fertig«, sagte ich und schlug die Schranktür zu.

»Violet, warte«, sagte Magnolia. »Wir müssen darüber reden, was wir sagen, falls Harold anfängt, Fragen über die Fabrik zu stellen.«

»Sie meinen, wenn er mich fragt, ob ich eine Flasche Gift in der Fabrik versteckt habe?«, fragte ich.

»Ich bezweifle, dass er es so formulieren wird, aber im Grunde, ja«, antwortete sie ruhig.

»Ich habe ihm oder irgendjemandem von Ihnen nichts zu sagen. Ich dulde keinen Mord, Punkt. Tatsächlich will ich nichts mit Mördern zu tun haben, und ich habe nicht die Absicht, durch Mitwisserschaft schuldig zu sein.«

Ich ging zur Treppe, vollkommen bereit für meinen dramatischen Abgang, als mir einfiel, dass Daphne mich gefahren hatte. Ich drehte mich um und sah sie an, wie sie immer noch auf dem Sofa saß. Sie sah aus wie ein Reh im Scheinwerferlicht. Ich zog eine Augenbraue hoch und fragte sie damit, ob sie nun mitkam oder nicht.

Sie sah ihre Mutter an. »Mom, es tut mir leid, aber ich stimme Violet in diesem Punkt zu. Hier geht etwas vor sich, und wenn ihr nicht bereit seid, es uns zu sagen, können wir uns nicht selbst in Gefahr bringen.«

Magnolia nickte mit dem Kopf. »Ich verstehe. Versucht zu verstehen, dass wir euch lieber nicht in eine Lage bringen möchten, die euch in irgendeiner Weise schaden könnte. Wir versuchen, euch zu schützen.«

Ich wünschte, ich könnte ihren Worten glauben. Ich wollte es, und es würde vieles erklären. Allerdings waren wir bereits involviert. Und im Gegensatz zu ihnen tappten wir im Dunkeln und würden die Gefahr nicht kommen sehen.

Daphne und ich verließen die Fabrik. Ich atmete tief die kühle Nachtluft ein, ließ sie meine Lungen füllen und meinen Kopf klären.

»Wow«, murmelte Daphne.

»Das ist eine Untertreibung.«

»Wir sind beide noch am Leben, das ist doch schon mal was.«

Ich fing an zu kichern. »Das ist wahr. Ich schätze, wir müssen uns nicht mehr fragen, was in dem Glas ist. Ich denke, ihre Reaktion auf das fehlende Glas spricht Bände.«

»Vielleicht könnten wir alle Gläser holen und sie vergraben. Wenn Harold es dann irgendwie schafft, den geheimen Raum zu finden, gibt es keine Beweise, die auf uns hindeuten«, schlug Daphne vor.

Ich hatte das Gefühl, sie scherzte, aber eigentlich war es kein schlechter Plan. Ich wusste nicht, wie viele Gläser es waren, aber wir könnten sie bei mir zu Hause oder sogar außerhalb der Fabrik vergraben. Ich wäre froh, es zu tun, wenn es helfen würde, unsere Namen reinzuwaschen und sicherzustellen, dass niemand sonst durch eine versehentliche Vergiftung zu Schaden kommt.

Daphne setzte mich bei mir zu Hause ab. Als ich die Verandastufen hochging, blickte ich auf das Blumenbeet, in dem ich das Glas vergraben hatte. Die Bilder aus meinem Traum schossen mir durch den Kopf. Ich war nicht besonders bewandert in der Hexerei, aber ich hoffte inständig, dass das Eisenhut aus dem Glas nicht irgendwie in die Erde sickerte und die Blumen giftig machte. Vielleicht war mein Traum eine Warnung.

Ich schüttelte den Gedanken ab und ging für eine weitere unruhige Nacht ins Haus.

KAPITEL VIERZEHN

Genauso wie ich es geahnt hatte, konnte ich nicht schlafen. Ich konnte nicht einmal die Augen schließen. Ich war hellwach. Mein Gehirn war wieder im Hamsterrad und drehte sich unaufhörlich. Ich konnte das, was heute Abend gesagt worden war, nicht einfach so auf sich beruhen lassen. Daphne hatte eine gute Idee gehabt, auch wenn sie es nur teilweise im Scherz gemeint hatte.

Ich setzte mich im Bett auf und schaltete meine Nachttischlampe ein. Es war kurz vor Mitternacht. Ich war mir sicher, dass inzwischen alle die Fabrik verlassen haben mussten. Kurz entschlossen zog ich mich schnell an und wählte dasselbe Outfit, das ich schon bei meinen früheren Schleichaktionen getragen hatte. Ich überlegte, wie nah ich mein Auto parken sollte. Die Hütte war eigentlich meine einzige Möglichkeit, es sei denn, ich wollte am Straßenrand parken. Das wäre zu auffällig gewesen.

Ich fuhr einmal vorbei, um zu sehen, ob ich dort irgendwelche Autos bemerkte. Ich wusste, dass sie alle an unterschiedlichen Stellen geparkt hatten, um keine Aufmerksamkeit zu erregen. Ich sah keine geparkten Autos und dachte mir, dass sie mittlerweile weg sein mussten. Ich drehte um und parkte bei der Hütte. Ich schnappte mir die wiederverwendbaren Einkaufstaschen, die ich mitgebracht hatte, um die Gläser hinauszutragen. Ich konnte sie wegwerfen oder zusammen mit den Gläsern vergraben. Ich würde sie nie wieder benutzen.

Ich schlich die Treppe hinunter und legte die wiederverwendbaren Einkaufstaschen ab, die ich unter einer Couch versteckte, nur für den Fall, dass durch einen verrückten Zufall eine der anderen Hexen auftauchen sollte. Ich wollte etwas überprüfen, bevor ich anfing, die Gläser wegzuschaffen. Ich wusste, dass ich nicht schlafen würde, also war es keine große Sache, mir etwas mehr Zeit zu nehmen, um den Hauptkellerbereich gründlich zu erkunden.

Ich wollte sehen, ob in diesen Kisten noch mehr Gläser waren. Es würde Sinn ergeben, wenn Harry im Kellerbereich auf das Gift gestoßen wäre. Es gab keine Möglichkeit, dass sie unseren geheimen Raum gefunden haben konnten. Hätten sie das, wäre es schon in der ganzen Stadt bekannt. Ich hatte über diese Möglichkeit nachgedacht und beschlossen, dass ich sagen würde, es sei ein Pausenraum für die Führungskräfte der alten Firma gewesen, falls ich jemals gefragt werden sollte.

Der Keller war wirklich gruselig. Ich zog die Gummihandschuhe an, die ich mitgebracht hatte, und fing an, Kisten zu öffnen, um nach weiteren dieser Gläser zu suchen. Ich erstarrte, als ich hörte, wie sich etwas bewegte. Da war es wieder! Mein Mund wurde trocken und die Angst schnürte mir die Brust zu.

Nachdem es mir gelungen war, ein paar tiefe Atemzüge zu nehmen, ging ich zum Fuß der Treppe und schaltete meine Taschenlampe aus. Ich hatte die Kellertür offen gelassen und hoffte, dass sie sie nicht schließen würden. Ich war mir nicht sicher, ob sie automatisch verriegelte. Der Gedanke, im Keller gefangen zu sein, war absolut furchterregend.

Ich hielt den Atem an. Stimmen näherten sich der Tür. Ich versteckte mich unter der Treppe und lauschte angestrengt, um zu hören, was gesagt wurde.

»Niemand wird die Lichter sehen, schalt sie einfach ein. Ich will nicht riskieren, schon wieder gegen eine dieser blöden Maschinen zu laufen. Vom letzten Mal habe ich immer noch einen blauen Fleck.«

Die Stimme kam mir bekannt vor. Ich ging schnell den Katalog in meinem Kopf durch und ordnete sie zu. Es war George, und er war nicht allein.

»Ich hab die Kameras«, sagte eine andere Männerstimme und kam näher an die Tür.

»Gut. Wir bringen sie an jeder Ecke an. Geister neigen dazu, zu schweben. Wir müssen nach oben zielen und nicht auf den Boden«, wies George an.

Ich verdrehte die Augen in der Dunkelheit.

»Das wird unsere Chance sein«, sagte eine viel jüngere Männerstimme.

Das musste Dale Junior sein, vermutete ich.

»Dein Vater wäre wirklich stolz auf dich, mein Junge«, bemerkte George.

»Danke. Ich will den Geist fragen, warum er Harry getötet hat«, antwortete der jüngere Dale. »Ich dachte, Geister wären nicht gefährlich?«

»Es gibt einige bösartige Geister, die böse sind und vertrieben werden müssen. Harry könnte das Wesen verärgert haben. Der einzige Weg, wie wir das jemals herausfinden werden, ist, wenn wir sie beschwören können«, erklärte der andere Mann, der Stan sein musste.

Ich musste mir das Lachen verkneifen. Sie glaubten wirklich, was sie sagten, und ich konnte es ihnen nicht verübeln. Meine Mutter sagte, sie spreche mit Geistern. Jener praktischere Teil von mir tat sich immer noch schwer damit, an die verschiedenen Facetten einer übernatürlichen Welt zu glauben, die parallel zur gewöhnlichen Welt existierte.

»Vielleicht war es nicht die Schuld des Geistes. Harry könnte sich zu Tode erschrocken haben. Er sagte, er hätte Erfahrung mit dem Paranormalen, aber ich habe seinen Hintergrund nie überprüft«, sagte George.

»Werden wir heute Abend versuchen, die Wesen zu beschwören?«, fragte Dale hoffnungsvoll.

»Können wir genauso gut«, kommentierte Stan. »Ich gehe zurück und hole den Rest der Ausrüstung. Ich hab sie im Keller verstaut.«

»Ich hol sie«, sagte George.

Ich geriet in Panik und suchte nach einem Versteck. Ich hatte keine Ahnung, wo die Ausrüstung versteckt worden war und wusste daher nicht, wo er suchen würde. Ich ging ein großes Risiko ein und tastete mich blind an der Regalreihe entlang bis in die hinterste Ecke, die ich finden konnte. Ich kauerte mich hinter etwas, von dem ich hoffte, es sei ein Regal voller Kisten. Ich war in meinem ganzen Leben noch nie in so völliger Dunkelheit gewesen. Wenn ich zu sehr darüber nachdachte, würde ich eine Panikattacke bekommen. Ich schloss die Augen und atmete langsam, wobei ich mich daran erinnerte, dass ich eine Taschenlampe hatte und sie einschalten konnte, sobald George weg war. Ich konnte es schaffen. Er würde nicht lange im Keller sein. Es waren nur ein paar Minuten.

Du schaffst das, Violet. Entspann dich.

Ich hörte Schritte und das Geräusch, wie Kisten geöffnet wurden. Ich würde warten müssen, bis er wegging, um zu sehen, was er untersuchte. Ich hörte seine Schritte in die entgegengesetzte Richtung und dann auf die Stahltreppe gehen.

Ich stieß einen Seufzer der Erleichterung aus, bis mir klar wurde, dass er die Tür hätte schließen können. Ich knipste meine Taschenlampe an, schirmte das Licht mit der Hand ab und ging auf die Tür zu. Ich konnte Stimmen hören und wäre fast vor Erleichterung zusammengebrochen, als ich bemerkte, dass die Tür offen war.

»Baut die Kamera auf. Ich will die Geister nicht beschwören, wenn wir nicht aufnehmen. Diese Gelegenheit ist zu gut, um sie uns entgehen zu lassen«, wies George sie an.

»Was ist, wenn ein ganzer Haufen Geister kommt? Werden sie uns wegen Hausfriedensbruchs umbringen?«, fragte Dale.

Wieder einmal unterdrückte ich den Drang, laut loszulachen.

»Wir sind vorbereitet. Wir haben Hundepfeifen, die die Geister verscheuchen werden«, antwortete Stan.

Ich schlug mir mit der Hand vor die Stirn. Die Männer hatten zu viele Bücher gelesen oder zu viele dumme Science-Fiction-Filme gesehen.

»Sind wir bereit?«, fragte George. »Hast du die letzte Kamera montiert?«

»Sie ist bereit.«

»Diesmal mit Speicherkarten in jeder?«, murrte er. »Ich will nicht noch einmal den gleichen Fehler machen.«

»Ich habe es doppelt überprüft, bevor ich sie montiert habe«, sagte Stan.

Ich wartete, neugierig, wie sie die Geister rufen wollten. Ich wünschte nur, ich könnte sehen, was sie taten. Das wäre eine echte Unterhaltung gewesen.

Ich konnte Herumschlurfen hören. »Ich zünde die Kerzen an«, drang Dales Stimme die Treppe hinunter.

»Licht aus«, befahl George.

Der Keller versank wieder in Dunkelheit, nur ein schwacher gelber Schein drang durch die offene Tür.

»Wie viele Kerzen habt ihr denn da brennen?«, murmelte ich vor mich hin. Ich hoffte, sie würden kein Feuer legen. Es gefiel mir gar nicht, dass sie in der Fabrik mit dem Feuer spielten.

Andererseits, wenn die Fabrik niederbrennen würde, wären einige meiner Probleme gelöst, überlegte ich.

»Wo ist die Kristallkugel?«, fragte Stan.

»Hier«, sagte Dale.

In meiner Vorstellung sah ich die Männer in einem von Kerzen umgebenen Kreis sitzen, ihre Kristallkugel in der Mitte. Ich wusste genau, was sie taten. Es war etwas, worüber ich gelesen hatte. Manche Hexen benutzten eine Kristallkugel, um nach anderen Hexen zu spähen, eine uralte Praxis. Manchmal war es eine Kristallkugel und manchmal ein Kristall. Es hing alles von der Hexe, dem Zirkel und dem ab, was sie als am magischsten empfanden.

Ich war skeptisch, was das alles anging. Das hielt mich jedoch nicht davon ab, die Treppe hinaufzuschleichen, eine Stufe nach der anderen, und jedes Mal anzuhalten, um sicherzugehen, dass sie mich nicht hörten. Ich konnte sie chanten hören. Die Worte ergaben für mich keinen Sinn. Ich nahm an, sie stammten aus einem alten Ritualhandbuch. Ich war mit Latein nicht vertraut, aber ich neigte zu der Annahme, dass dies die Sprache war, die George zu sprechen versuchte.

Ich sprach die Sprache vielleicht nicht, aber selbst ich konnte hören, dass er den Dialekt völlig verhunzte.

Es schien, als würden sie eine Weile damit beschäftigt sein. Ich machte es mir auf den Stufen bequem, blieb tief und außer Sichtweite, während ich zusah und ihrem Versuch zuhörte, die Toten zu rufen.

»Das funktioniert nicht«, jammerte Dale Jr.

»Das geht nicht von jetzt auf gleich«, erwiderte Stan. »Man braucht Geduld.«

Ich für meinen Teil langweilte mich zu Tode und hoffte, sie würden bald aufgeben. Ich musste immer noch die Gläser holen und nach Hause kommen, um sie zu vergraben, bevor die Sonne aufging. Bei dem Tempo, mit dem ihre Beschwörung voranging, könnte ich noch eine Weile hier festsitzen.

»Ich finde, wir sollten für heute aufhören. Vielleicht sind die Geister schüchtern«, schlug Stan vor.

Meine Hand bedeckte meinen Mund und unterdrückte einen Kicheranfall.

»Schön. Nächstes Mal müsst ihr Jungs aber darauf vorbereitet sein, die ganze Nacht zu bleiben. Euer Vater war bereit, die nötige Zeit zu investieren«, erklärte George. »Er hat nicht aufgegeben oder locker gelassen, bis er bekommen hat, was er wollte.«

»Vielleicht müssen wir uns an einer anderen Stelle aufbauen?«, schlug Stan vor. »Wir könnten ein Ouija-Brett ausprobieren.«

»Nein! Das ist etwas für Amateure«, sagte George. »Wir versuchen es noch einmal. Wir versuchen es so lange, bis wir unsere Geister bekommen.«

Am liebsten hätte ich George gesagt, dass er es woanders versuchen müsste. Ich würde die Fabrik definitiv abschließen. Die Vorstellung, dass diese Kerle daraus eine Gewohnheit machten, gefiel mir nicht, besonders bei der Anzahl der Kerzen, die sie verbrannten.

»Packt zusammen – und ich will hier nichts zurücklassen. Dieser Polizist hat neulich hier herumgeschnüffelt. Ich habe gesehen, wie er mit dieser Bäckersfrau hier reingekommen ist«, erklärte George.

Mir klappte die Kinnlade herunter. Ich wusste, dass jemand uns beobachtet hatte. Das war nur ein bisschen unheimlich. Morgen früh würde ich als Allererstes Gabriel anrufen und ihn anflehen, die Bretter vor die Fenster zu nageln.

Die Männer brauchten weitere dreißig Minuten, um ihre Sachen zusammenzupacken und die Fabrik zu verlassen. Als sie gingen, war mein linkes Bein eingeschlafen, weil ich in einer unbequemen Haltung sitzen musste, während sie ihre Geister fast schon anflehten, sich zu zeigen.

Ich wartete gut fünfzehn Minuten, bevor ich aufstand und mich streckte und mein Bein schüttelte, um meinen Kreislauf wieder in Schwung zu bringen. Sobald ich das Gefühl hatte, dass meine Beine mich tragen würden, machte ich mich auf den Weg zurück über den Fabrikboden. Ich blieb stehen und betrachtete das Kerzenwachs auf dem Zementboden. Ich fragte mich, ob ich dieses Beweisstück in der Vergangenheit übersehen hatte.

Ich ging die Treppe hinunter in den geheimen Raum und knipste auf dem Weg nach unten das Licht an. Ich schnappte mir eine der Wasserflaschen, die wir in dem kleinen Minikühlschrank aufbewahrten, und ließ mich auf die Couch fallen, um mich ein paar Minuten zu entspannen. Ich blickte mich im Raum um, betrachtete die Einrichtung und fragte mich, ob meine Großmutter auf derselben Couch gesessen hatte. Ich fragte mich, ob es ihr Geist war, den George zu beschwören versuchte. Das wäre lustig. Wenn Oma tatsächlich erscheinen würde, hätte sie den Ermittlern mit Sicherheit die Leviten gelesen, weil sie sie gestört hatten und in ihrer Fabrik waren.

Ich lächelte bei dem Gedanken daran und hoffte, dass alles auf Kamera festgehalten würde.

KAPITEL FÜNFZEHN

Meine Pause auf der Couch war nur von kurzer Dauer. Das leise Geräusch von Schritten und Stimmen drang zu mir herunter. Ich hatte kaum zwei Sekunden Zeit, um zum Lichtschalter zu rennen und das Licht auszuschalten, bevor die Tür am oberen Ende der Treppe aufschwang.

»War das Licht an?«, drang die Stimme meiner Mutter die Treppe herunter.

»Ich glaube nicht«, antwortete Lila.

Oh mein Gott, meine Mutter und ihre Komplizin.

Ich schnappte mir meine Wasserflasche und rannte zu dem Versteck hinter dem Sessel, wobei ich betete, dass sie meine Anwesenheit nicht spüren würden. Es war nicht gerade das beste Versteck, aber wenn sie nicht zu genau hinschauen würden, würde mir nichts passieren. Hoffte ich.

Ich konnte mein Pech kaum fassen. Mitten in der Nacht war in der Fabrik die Hölle los. Und ich dachte, Schlösser würden die Leute draußen halten. Ich hätte die Tür auch einfach offen lassen und die Leute hereinbitten können.

»Die Mädchen waren heute Abend aber wirklich launisch«, bemerkte Lila.

»Ja, das waren sie. Ich glaube, wir müssen ihnen etwas sagen. Violet ist nicht der Typ Mädchen, der alles für bare Münze nimmt. Diesen unglücklichen Charakterzug hat sie von meiner Mutter«, sagte meine Mutter mit einem Kichern.

Lila klang nicht amüsiert. »Na ja, eines Tages wird ihr das noch Ärger einbrocken. Kannst du sie nicht bändigen?«

Ich biss mir auf die Lippe. Am liebsten hätte ich ihr genau gesagt, was ich davon hielt. Lila müsste sich schon mehr anstrengen, wenn sie dachte, sie könnte mich dazu bringen, einen Rückzieher zu machen.

»Ich habe keineswegs vor, sie zu bändigen. Es ist ihr starker Wille, den wir brauchen, Lila. Wenn wir einmal nicht mehr da sind, werden Violet und Daphne den Zirkel leiten.«

»Bei dem Tempo, das die beiden vorlegen, wird es keinen Zirkel mehr geben. Ich denke, wir sollten darüber nachdenken, uns anderweitig umzusehen. Wir können uns nicht darauf verlassen, dass diese beiden unsere Traditionen und Rituale fortführen.«

»Ach, komm schon, ich finde, das ist ein bisschen übertrieben. Sie sind neu dabei. Wir hätten es ihnen nicht so lange verheimlichen sollen. Ich dachte, es wäre das Beste, aber mittlerweile denke ich, es war ein Fehler, es ihnen nicht früher zu sagen.«

»Deine Mutter dachte, es wäre das Beste. Das tut mir leid, denn vieles davon lag an mir und unseren damaligen Dummheiten«, sagte Lila mit einem wehmütigen Ton in der Stimme.

»Na ja, es hat keinen Sinn, sich jetzt darüber Sorgen zu machen. Wir müssen uns um das dringendste Problem kümmern, dann kümmern wir uns um die Mädchen«, sagte meine Mutter.

Ich hörte, wie ein Schrank geöffnet wurde. Sie räumten noch mehr Gläser weg! Ich war zu spät gekommen.

»Hast du den Rest?«, fragte Lila.

»Ich glaube schon. Es ist wahrscheinlich das Beste, wenn wir alles ausräumen. Wir können ja jederzeit neue machen«, antwortete meine Mutter.

»So eine Schande«, gluckste Lila. »Diese ganze Geschichte. Ich erinnere mich, wie ich diese mit meiner Mutter gemacht habe.«

Sie waren still, während ich weiteren Geräuschen lauschte. Ich wurde langsam ungeduldig. Ich hatte nicht erwartet, so lange in der

Fabrik abzuhängen, geschweige denn, mich nicht nur vor einem, sondern vor zwei Gruppen von Nachtschwärmern zu verstecken.

Nach schätzungsweise einer weiteren Stunde packten meine Mutter und Lila endlich zusammen und verließen den Raum. Ich wartete und vergewisserte mich, dass sie auch wirklich weg waren, bevor ich aus meinem Versteck kam. Mit einem Seufzer ließ ich mich auf einen Stuhl fallen, da ich davon ausging, dass mich diesmal niemand mehr überraschen konnte.

Ich griff in meine Tasche und zog mein Handy heraus. Es war fast drei Uhr morgens, und ich konnte nicht fassen, dass ich absolut nichts erreicht hatte. Ich würde keinen Schlaf bekommen und hatte nichts vorzuweisen. Ich überlegte einen Moment, bevor ich Daphne anrief.

»Hallo«, murmelte sie.

»Daphne, ich bin's, Violet«, platzte ich heraus.

»Violet? Was ist los? Wie spät ist es?«

»Es ist drei Uhr morgens«, sagte ich mit einem Seufzer. »Tut mir leid, dass ich dich wecke.«

»Warum rufst du mich mitten in der Nacht an? Was ist passiert?«

»Es ist nicht direkt etwas passiert.«

»Violet, mal ehrlich, wenn du mich um diese Zeit anrufst, hast du besser einen guten Grund.«

»Habe ich. Glaube ich«, murmelte ich und fühlte mich plötzlich etwas albern, weil ich angerufen hatte. Es war nichts, was nicht hätte warten können.

Ich hörte sie gähnen. »Okay, ich bin jetzt wach. Sag mir, was passiert ist, denn ich weiß, dass dich irgendetwas wachgehalten hat.«

»Ich bin gar nicht erst ins Bett gegangen«, begann ich. »Ich habe beschlossen, zurückzukommen und alle Gläser zu holen, damit ich sie vergraben kann.«

Sie fing an zu lachen und hörte dann abrupt auf. »Warte, das ist dein Ernst?«

»Ja, aber ich habe die Gläser nicht bekommen. Ich konnte nicht, weil ich mich im Keller verstecken musste, als George und seine Kumpanen hereinkamen.«

Daphne schnappte nach Luft. »Heute Nacht?«

»Ja, heute Nacht. Vor ein paar Stunden.«

»Warum waren die in der Fabrik?«

Ich konnte mir ein Lachen nicht verkneifen, als ich ihr von ihrer Geisterjagd erzählte. Als ich fertig war, lachte sie mit mir.

»Violet?«

»Ja?«

»Die Kameras. Falls und wenn sie zurückkommen, um ihre Kameras zu überprüfen, werden sie dich in der Fabrik sehen.«

»Oh Mist«, sagte ich, als mir klar wurde, dass sie recht hatte. »Na super. Es bin nicht nur ich, die sie auf den Kameras finden werden.«

»Wer denn sonst? Deine Urgroßmutter Broussard?«, neckte sie mich.

»Nein, meine Mom und Lila. Sie sind gerade gegangen.«

Sie stöhnte. »Schon wieder?«

»Jep. Sie waren hier, um die restlichen Gläser zu holen. Ich habe noch nicht nachgesehen, ob sie alle mitgenommen haben, aber ich habe so eine Ahnung, dass sie es haben.«

Sie war einen Moment lang still. »Sie sind weg und du bist immer noch in dem Raum?«

»Ja. Ich war gerade hier runtergekommen, nachdem ich mich ein paar Stunden im Keller versteckt hatte. Ich habe mich hingesetzt und im nächsten Moment sind sie aufgetaucht.«

»Du solltest da lieber verschwinden«, seufzte sie.

»Werde ich. Ich habe nur einen Moment gewartet, um sicherzugehen, dass sie weg sind. Ich kann nicht fassen, wie einfach es ist, hier hereinzukommen!«, rief ich aus.

»Darum kümmern wir uns. Aber sieh jetzt erst mal zu, dass du da rauskommst. Ich würde ja sagen, schlaf ein bisschen, aber ich glaube, der Zug ist abgefahren. Geh nach Hause, nimm eine Dusche und ich treffe dich in etwa einer Stunde in der Bäckerei«, sagte sie mit einem Seufzer.

Nachdem ich aufgelegt hatte, befolgte ich Daphnes Rat, ging nach Hause und nahm eine heiße Dusche. Jetzt, wo das Adrenalin nachgelassen hatte, war ich todmüde. Trotz meiner Erschöpfung musste ich zur Arbeit gehen.

Ich hatte keine Ahnung, was ich überhaupt tun sollte. Als ich in die

Bäckerei stolperte, wartete Daphne schon. Sie hielt mir eine Tasse Kaffee hin und befahl mir, mich hinzusetzen.

»Was willst du tun?«, fragte sie.

Mit einem Schulterzucken sagte ich: »Ich habe nicht die leiseste Ahnung.«

Ich erklärte ihr, was Lila über uns gesagt hatte, was sie genauso nervte wie mich. Ich verstand ja, dass sie gewartet hatten, uns von unserem Erbe und all dem zu erzählen, aber es war nicht fair, von uns genervt zu sein, weil wir uns über die Risiken Sorgen machten.

»Sprich mit Gabriel. Nimm dir morgen frei und sieh zu, dass die Fabrik bombenfest verriegelt wird. Ich fahre heute Abend nach der Arbeit rüber und hole die Speicherkarten aus den Kameras. Wir können es nicht riskieren, dass diese Typen herausfinden, dass du im Keller warst, oder entdecken, dass Lila und Virginia dort waren. Wenn diese Kameras im richtigen Winkel stehen und sie sehen, wie ihr in einer Wand verschwindet, bekommen wir ernsthafte Probleme«, sagte sie.

»Oh, danke. Ich wusste, ich kann mich darauf verlassen, dass du mir hilfst, einen klaren Kopf zu bekommen. Das hier entwickelt sich zu einer Katastrophe. Ich fühle mich wie in einem rasenden Zug, der auf das Ende der Gleise zusteuert.«

»Sieh es mal positiv, ich kriege ihr Geisterbeschwörungsritual zu sehen«, sagte sie mit funkelnden Augen.

»Oh, mein Gott! Du musst mich die Aufnahmen sehen lassen. Ich konnte es nur hören, ich konnte nicht zusehen.«

Sie grinste und wurde dann wieder ernst. »Vielleicht solltest du versuchen, unter vier Augen mit deiner Mutter zu reden. Sag ihr, dass du darüber nachdenkst, aus Lemon Bliss wegzuziehen. Vielleicht schreckt sie das genug auf, um mit der Wahrheit herauszurücken.«

»Woher wusstest du, dass ich darüber nachdenke, zurück nach Granger zu ziehen?«

Sie lächelte. »Ich kenne dich, und ehrlich gesagt, habe ich auch schon über einen Umzug nachgedacht. So sehr ich es hier und die Bäckerei auch liebe, ich habe es satt, ständig das Gefühl zu haben, dass ich gleich ins Gefängnis geschleppt oder vor ein Erschießungskommando gezerrt werde.«

Ich verstand genau, was sie meinte. Der Stress war es nicht wert, hier zu leben. »Mach noch nichts. Ich werde mit meiner Mutter reden und hoffentlich ist sie der Vernunft zugänglich. Ich glaube, ich werde auch mit Gabriel sprechen, ob er eine Alarmanlage in der Fabrik installieren kann. Das wäre schon eine kleine Abschreckung. Außerdem ziehe ich ernsthaft in Erwägung, den geheimen Raum zu schließen.«

Daphne lachte. »Du weißt, dass sie mit einer Handbewegung jedes Schloss öffnen können.«

»Sie müssen das Eigentum respektieren. Wenn sie sich dort weiterhin treffen wollen, muss das anders gehandhabt werden. Mit der ganzen Schleicherei fordern wir das Unglück geradezu heraus.«

»Da stimme ich dir zu.«

»Also gut, ich sollte besser in die Küche gehen. Ich habe das Gefühl, dass ich vor Mittag völlig einbrechen werde. Ich habe beschlossen, dass ich zu alt dafür bin, die Nacht durchzumachen.« Ich nahm einen langsamen Schluck von meinem Kaffee.

Daphne kicherte. »Ich auch. Ich bin viel zu alt, um mitten in der Nacht Anrufe von meiner Freundin in Not entgegenzunehmen. Ich dachte, diese Zeiten wären vorbei.«

Ich lachte. »Laut meiner Mutter und Lila ist es uns vorherbestimmt, bis wir neunzig sind, nur Unsinn im Kopf zu haben. Vorausgesetzt, wir leben so lange oder landen nicht im Gefängnis für ein Verbrechen, das wir nicht begangen haben.«

»Glaubst du, es gibt Muffins im Gefängnis? Ich weiß wirklich nicht, ob ich eine lebenslange Haftstrafe ohne Muffins überleben kann.«

Ich schüttelte den Kopf. »Ich bezweifle, dass es die interessiert, ob du mit deinen Mahlzeiten zufrieden bist.«

»Okay, kein Gerede mehr über Gefängnis oder Tod. Wir müssen positiv bleiben. Das wird alles gut. Uns wird es gut gehen. Unsere Hexenkolleginnen werden sich um ihre Gifte kümmern, und wir werden uns nie wieder Sorgen machen müssen, dass eine weitere Person in der Fabrik krank wird oder getötet wird«, sagte sie bestimmt.

»Wirklich?«, fragte ich mit einer hochgezogenen Augenbraue und fragte mich, ob sie in dieser Tasse mehr als nur Kaffee getrunken hatte.

»Wenn du es ins Universum hinausschickst, hat es eine bessere

Chance, zu geschehen, als wenn du alles in dich hineinfrisst«, erklärte sie.

»Du brauchst mehr Schlaf«, entgegnete ich mit einem Augenrollen.

»Du wirst mir danken, wenn alles gut ausgeht. Du wirst schon sehen«, zwinkerte sie, bevor sie sich umdrehte, um vorne alles vorzubereiten.

Ich wünschte, ich könnte mich auf ihre Philosophie einlassen, aber meine praktische Seite hatte das Gefühl, dass sie träumte. Träume und Realität passten selten zusammen. Ich würde auf das Beste hoffen und mich auf das Schlimmste vorbereiten, während ich alles in meiner Macht Stehende tat, um weitere Pannen zu verhindern. Mehr konnte ich nicht tun.

KAPITEL SECHZEHN

Ich drehte den Wasserhahn auf und begann mit der mühsamen Aufgabe, die Blumen in meinem Garten zu gießen. Meine Großmutter hatte sich ihren Blumen mit Leib und Seele verschrieben und besaß anscheinend eine Magie, die immer noch anhielt, da sie fast ununterbrochen blühten. Ich schätzte, dass es fünfzig oder mehr Pflanzen sein mussten. Zusätzlich zur Farbenpracht erfüllten die Blüten die Luft vor dem Haus mit ihrem Duft. Hinten im Garten stand der Zitronenhain in voller Blüte.

Überraschenderweise machte mir das Blumengießen Spaß. Ich konnte einfach dastehen, abschalten und mich im berauschenden Duft der verschiedenen Blüten verlieren. Während ich sprühte, dachte ich daran, wie meine Großmutter dasselbe getan hatte, und erinnerte mich, wie sehr sie ihre Blumen geliebt hatte.

Ich war in Gedanken versunken, als mich die Stimme meiner Mutter aufschreckte. Ich wirbelte herum und hätte sie mit dem Schlauch beinahe nass gespritzt.

»Entschuldigung!«, rief ich und richtete ihn schnell von ihr weg.

Sie lächelte und wirkte wie ihr typisches, gelassenes Selbst. Ich hatte sie seit über einer Woche nicht mehr so gesehen. Es war beruhigend und gleichzeitig beunruhigend.

»Schon gut. Deiner Großmutter ging es genauso. Sie sagte immer, die Blumen würden sie hypnotisieren. Sie versetzten sie in eine Trance, die ihr eine Art Frieden schenkte, den nur wenige Menschen je erfahren werden«, sagte sie in einem wehmütigen Ton.

»Was gibt's? Du bist von deinem Notfall-Spa-Besuch zurück?«, fragte ich.

Ich hatte gestern versucht, sie zu finden, nur um festzustellen, dass sie und die anderen Frauen für einen angeblichen Wellness-Urlaub die Stadt verlassen hatten. Das alles war sehr plötzlich gekommen. Zufälligerweise fand der Urlaub am Morgen statt, nachdem sie und Lila heimlich in der Fabrik gewesen waren, um die geheimnisvollen Gläser zu entfernen. Ich hatte gehofft, Daphnes Rat zu befolgen und meine Mutter anzuflehen, ehrlich zu sein, nur um festzustellen, dass sie und ihre Hexenfreundinnen sich aus dem Staub gemacht hatten.

»Ja, das sind wir, und ich fühle mich wunderbar. Es war ein schöner Kurzurlaub«, sagte sie mit wieder aufgesetztem, gelassenem Lächeln. »Weißt du, Violet. Ich könnte dir beibringen, wie du deine eigenen Kräfte einsetzen kannst, um eine solche Schönheit zu erschaffen«, sagte sie und umfasste mit einer weiten Armbewegung die Blumenreihen. »Du hast viele ungenutzte Kräfte.«

Ich zog eine Augenbraue hoch und dachte über ihren Sinneswandel nach. Vor ein paar Tagen hatte sie noch davon gesprochen, mich zu verbannen oder meine Kräfte zu binden, und jetzt wollte sie mir die Grundlagen beibringen. Das musste ja ein Wahnsinns-Spa gewesen sein.

»Mom, ich weiß nicht, ob ich überhaupt noch etwas über meine Kräfte oder über Hexen im Allgemeinen lernen will. Das hat für mich bisher nicht besonders gut funktioniert.«

»Oh, Violet. Du kannst deine Herkunft nicht leugnen. Das ist es, was du bist.«

Ich schüttelte den Kopf und drehte das Wasser ab. »Das glaube ich nicht. Ich war vierundzwanzig Jahre lang einfach nur ich, und die Dinge liefen sehr gut. Es sind diese Stadt und diese Fabrik, die mein Leben verrückt gemacht haben. An diesem Punkt weiß ich nicht einmal, ob ich in Lemon Bliss bleiben will. Ich will mich definitiv nicht den Rest meiner Tage um diesen Ziegelhaufen sorgen müssen.«

Ihr Gesicht wurde bei meinen Worten etwas blass. Das war nicht die Reaktion, die ich erwartet hatte, aber ich hoffte, sie wusste, dass ich es ernst meinte.

»Können wir reingehen und reden?«

»Mom«, setzte ich an, aber sie hob eine Hand und schnitt mir das Wort ab.

»Bitte, Violet. Wir müssen reden. Es gab eine Menge Spannungen zwischen uns, und ich möchte reinen Tisch machen.«

»Na schön«, sagte ich und ließ den Schlauch fallen. Ich hielt inne, um das Wasser an der Veranda abzustellen, bevor ich hineinging. Meine Mutter folgte mir und blieb stehen, um an einigen der blühenden Rosen zu riechen.

Schnell füllte ich zwei Gläser mit Eiswasser, setzte mich auf die Couch und reichte ihr ein Glas. Sie setzte sich mir gegenüber in einen Sessel, nahm einen Schluck Wasser, bevor sie es auf den Tisch neben sich stellte und die Hände in ihrem Schoß faltete. Jetzt würde es ernst werden. Ich atmete tief durch und versuchte, meine Nerven zu beruhigen. Ich musste ihr sagen, was ich fühlte, und hoffte, dass sie sich mir ebenfalls öffnen würde.

»Mom, ich habe viel über Eisenhut recherchiert. Diese Pflanze ist eine ernste Sache. Ich weiß, dass sie eine häufige Zutat in vielen Tränken ist, die Hexen verwenden. Ich habe das Zauberbuch gelesen und gesehen, wie oft sie erwähnt wird«, platzte ich heraus.

»Ja, ich weiß. Es ist ein Teil unserer Geschichte.«

»Dann sag mir bitte, warum du und die anderen so zugeknöpft deswegen seid? Als wir euch danach gefragt haben, wollte keine von euch auch nur bestätigen, dass ihr es verwendet.«

»Violet, es gibt Dinge, die du noch nicht gelernt hast. Wir wollen dir und Daphne die alten Wege zeigen. Die alten Wege sind es, die das Handwerk am Leben erhalten. Aber wir können dir nicht einfach alles an einem einzigen Tag erzählen. Es gibt viel zu lernen, und wie bei den meisten Dingen lernt man am besten durch die Praxis.«

Ich lehnte mich auf der Couch zurück und tat mein Bestes, um ruhig zu bleiben. »Die alten Wege scheinen gefährlich zu sein. Wozu braucht ihr dieses Zeug überhaupt?«

»Es ist eine sehr mächtige Zutat. Man kann sie nicht einfach durch etwas anderes ersetzen und die gleichen Ergebnisse erzielen«, erklärte sie, als ob wir über ein Kuchenrezept sprächen. »Wir sind nie unvorsichtig damit umgegangen und wissen definitiv, wie man es sicher verwendet.«

»Mom, ich habe gelesen, dass es benutzt wird, um Häuser und Hexen vor Werwölfen zu schützen. Willst du mir ernsthaft erzählen, dass hier Werwölfe herumlaufen und ihr den Eisenhut braucht, um euch zu schützen?«, fragte ich, ungläubig bei dem bloßen Gedanken.

Sie fuchtelte mit der Hand durch die Luft. »Na ja, es gibt nicht mehr viele, aber sie neigen dazu, fast alle anderen übernatürlichen Wesen von Natur aus zu verachten.«

Mir klappte der Mund auf. »Was?«

»Du hast gefragt, ob wir uns vor Werwölfen schützen müssen. Ich sage dir: Ja, es schadet nicht, auf Nummer sicher zu gehen, wenn es um etwas so Einfaches geht.«

Ich blinzelte. Eigentlich sollte ich nicht überrascht sein. »Gibt es Werwölfe wirklich?«

»Natürlich, meine Liebe. Dachtest du, sie wären nur eine Erfindung?«

»Ja, das dachte ich. Warum um alles in der Welt sollte ich glauben, dass sich Männer in Wölfe verwandeln?«, fragte ich und gab mir nicht einmal die Mühe, den Unglauben in meiner Stimme zu verbergen.

Mein ganzes Weltbild geriet ins Wanken. Ich hatte die Vorstellung, dass George das Übernatürliche untersuchte, verspottet. Der Witz ging wohl auf meine Kosten.

»Es gibt so viel, was ich dir beibringen kann, wenn du deinen Geist öffnest und mir vertraust«, sagte sie.

»Vampire?«

»Vielleicht nicht die Sorte, die du aus Filmen kennst«, bot sie mit einem Augenzwinkern an.

Ich schüttelte langsam den Kopf. All diese Bücher, die meine Mutter mir vorgelesen hatte, als ich ein kleines Mädchen war. Sie sollten Märchen sein, keine realen Ereignisse, die auf echten Kreaturen basierten.

Ich rüttelte mich innerlich und konzentrierte mich auf die Gegenwart. »Warum musst du etwas so Gefährliches aufbewahren? Im Ernst,

Mom. Du glaubst doch nicht wirklich, dass du heutzutage von einem Werwolf angegriffen wirst.«

»Es wird nicht nur für diesen Zweck verwendet. Wie ich erklärt habe, hat es viele Anwendungsmöglichkeiten. Ich weiß, unsere Rituale mögen dir albern vorkommen, aber unser Handwerk basiert auf Ritualen, die seit Jahrhunderten angewendet werden. Kennst du das Sprichwort, dass man nichts reparieren soll, was nicht kaputt ist? Unser Handwerk ist nicht kaputt. Wir müssen die Dinge nicht ändern, nur um mit der modernen Zeit Schritt zu halten«, erklärte sie.

Ich schüttelte den Kopf. »Ich habe gelesen, dass Akonit – Eisenhut – zur Herstellung von Fliegensalbe verwendet wurde. Ich verstehe nicht, warum du nicht einfach Fliegenfänger wie jeder andere benutzen kannst. Du kannst mir nicht erzählen, dass diese Änderung jahrhundertealte Überzeugungen und Rituale über den Haufen werfen wird.«

Ihr Kichern fachte meine Gereiztheit an, aber ich fand es nicht im Geringsten lustig.

»Oh, Liebes, nicht Fliegensalben. *Flug*salben«, stellte sie klar. »Im Sinne von Hexen, die auf Besen herumfliegen.«

»Was soll das heißen?«, fragte ich. »Die Salben werden auf einen Besen geschmiert und man kann zu einem mitternächtlichen Flug aufbrechen? Mom, ach komm. Du kannst nicht von mir erwarten, dass ich das glaube.«

»Flugsalben werden in zahlreichen Ritualen verwendet. Wenn eine Hexe irgendwohin fliegen will, wird ein wenig Salbe benutzt. Dieselben Salben können verwendet werden, um sich in eine Eule, einen Adler oder was auch immer die Hexe wünscht, zu verwandeln«, erklärte sie.

Ich war sprachlos. Die Frau hatte eindeutig den Verstand verloren. »Flugsalben lassen einen fliegen?«, fragte ich.

»Nicht dein physisches Selbst, nein. Es ist eine spirituelle Erfahrung.«

»Also halluziniert man?«

Sie verdrehte die Augen. »Ja und nein. Es steckt ein bisschen mehr dahinter. Es gibt verschiedene Salben für verschiedene Bedürfnisse.

Richtig angewendet ist die Erfahrung sowohl befreiend als auch erleuchtend.«

»Du benutzt giftige Pflanzen, um diese Salben herzustellen?«

»Manchmal, aber wir wissen, wie man sie benutzt. Die Salben und Pasten werden in kleinen Dosen verwendet. Das ist eines der Dinge, die du lernen würdest, wenn du dich entscheidest, tiefer in das Verständnis unserer Abstammung einzutauchen«, sagte sie sanft.

Ich schüttelte den Kopf. »Ich glaube nicht, dass ich das kann, Mom. Ich möchte nicht unbedingt halluzinieren oder eine giftige Pflanze benutzen.«

Sie lächelte. »Liebes, wir alle haben die Salben benutzt – unzählige Male – und uns allen geht es bestens. Uns geht es gut, weil es uns von unseren Müttern beigebracht wurde, denen es von ihren Müttern beigebracht wurde, und so weiter. Es sind die Leute, die keine wirkliche Ahnung haben, wie man die Salben benutzt, die in Schwierigkeiten geraten. Ja, die Leute haben das Gefühl zu fliegen, wenn sie das Zeug benutzen. Das ist das Ziel«, zwinkerte sie. »Das Problem ist, dass ungeschulte Leute versuchen, von Gebäuden zu springen. Es gibt für alles in der Hexerei einen richtigen und einen falschen Weg.«

Ich beugte mich vor. Sie war ehrlich. Ich wollte ehrlich sein und ihr genau sagen, warum ich zögerte, in ihre Welt der Hexerei einzutauchen.

»Mom, Harry wurde mit Akonit vergiftet. Er war in dieser Fabrik und hat dich und uns alle in Gefahr gebracht. Du und Lila habt unzählige Male gesagt, dass ihr alles tun würdet, um den Zirkel und eure individuellen Geheimnisse zu schützen«, sagte ich und betonte jedes Wort.

»Ja, das habe ich. Und ich weiß, was der Gerichtsmediziner über den jungen Harry gesagt hat.«

Ich nickte. »Ich glaube, du oder Lila, oder vielleicht ihr alle vier, habt eine dieser Flugsalben benutzt, um Harry zu töten.«

Ihr Mund klappte zu und ihre Lippen bildeten eine schmale Linie. Ich starrte sie an und wartete auf ihre Reaktion.

»Das ist nicht wahr«, zischte sie. »Wie kannst du es wagen, mich einer so schrecklichen Sache zu beschuldigen? Ich würde niemals jemanden verletzen.«

Ich zuckte mit einer Schulter. »Da bin ich mir nicht so sicher, Mom. Du warst in letzter Zeit ziemlich zwielichtig. Hast Gläser mit deinen speziellen kleinen Gebräuen versteckt. Warst geheimnistuerisch und hast Dinge getan, die ich niemals von dir erwartet hätte.«

Sie stand auf und funkelte mich von oben herab an. »Das ist nicht zu fassen. Schäm dich, Violet. Ich weiß nicht, wo du auf so eine Idee kommst, aber es ist beleidigend. Ich werde keine Minute länger hier sitzen und mir anhören, wie du mich des Mordes beschuldigst.«

Ich sah zu, wie sie zur Haustür stürmte und sie hinter sich zuschlug.

»Hmm, das ist ja gut gelaufen«, murmelte ich in den Raum.

Während ich auf die Tür starrte, wurde mir plötzlich etwas klar. Sie hatte es nie wirklich geleugnet.

Ein Knoten der Anspannung bildete sich in meinem Bauch.

KAPITEL SIEBZEHN

Nachdem meine Mutter gegangen war, fing ich an, auf und ab zu gehen. Der Fluchtinstinkt machte sich mit voller Wucht bemerkbar. Ich wollte nach oben rennen, meinen Koffer packen und nach Kalifornien fahren. Ich wollte so weit wie möglich von Lemon Bliss und dem Zirkel wegkommen.

Ein Geräusch durchbrach meine Grübelei, und ich blickte auf den Couchtisch, wo Gabriels Name auf dem Display meines Handys aufleuchtete. Ich schnappte es mir.

»Hallo?«

»Was ist los?«, fragte er sofort, da er mich nur zu gut kannte.

»Nichts. Alles. Ich weiß nicht. Meine Mutter ist gerade gegangen und wir sind nicht im Guten auseinander«, sprudelte es aus mir heraus.

»Ich bin in ein paar Minuten da«, sagte er und beendete das Gespräch.

Ich starrte auf den Bildschirm und wollte ihm sagen, dass er nicht kommen sollte, weil ich gehen würde, aber ich brachte es nicht übers Herz. Ich hasste es, vor Dingen wegzulaufen, aber ich flippte geradezu aus. Ich wollte meinen Anspruch auf das Familienunternehmen aufgeben und so schnell wie möglich von hier verschwinden.

Ich fragte mich, ob Daphne wohl mit mir mitkommen würde. Ich wusste, dass sie unentschlossener war als ich. Sie hatte nicht wirklich etwas gegen Hexerei. Nicht, dass ich an sich etwas gegen Hexerei hatte. Es war ein Schock gewesen zu erfahren, dass ich Kräfte besaß, aber der ganze Rummel um das Übernatürliche in Lemon Bliss setzte mir ernsthaft zu. Na ja, das und die Tatsache, dass zwei Menschen gestorben waren.

Ich hörte auf, auf und ab zu gehen, und dachte an den Spaß, den Daphne und ich zu haben begonnen hatten, als wir mehr über unsere Kräfte lernten. Unsere Kräfte spielerisch einzusetzen, war in Ordnung. Es machte sogar Spaß. Es war alles andere, was ich nicht mochte.

Konnte ich das eine ohne das andere haben? Was wäre, wenn ich in Kalifornien wäre, mein magiefreies Leben genießen würde und eine dieser Kräfte, von deren Existenz ich nichts wusste, plötzlich zum Vorschein käme? Was, wenn ich versehentlich etwas in die Luft sprengte oder im Stau feststeckte und meine Frustration am Ende jemanden in eine Kröte verwandelte? Ich fühlte mich wie eine tickende Zeitbombe. Was ich tun musste, war, mich abzuschotten.

Ich könnte in eine kleine Hütte hoch oben in den Bergen ziehen und nie wieder einen Menschen sehen. Ich müsste mir keine Sorgen machen, versehentlich jemanden zu töten oder meine Kräfte gegen einen unschuldigen Menschen einzusetzen.

»Das ist es!«, sagte ich bestimmt.

Ich musste nicht arbeiten. Ich hatte das Erbe meiner Großmutter auf der Bank. Langsam fügte sich alles in meinem Kopf zusammen. Ich rannte in die Küche, schnappte mir Stift und Papier und begann wütend zu schreiben, machte Listen von dem, was ich zu tun hatte. Das war mein Fluchtplan!

»Was machst du da?«, schreckte mich Gabriels Stimme auf.

Ich blickte von der Theke auf, über die ich mich gebeugt hatte, um zu schreiben. »Was?«

»Ich habe gefragt, was du da machst. Ich habe geklingelt und du hast nicht aufgemacht. Hast du mich nicht gehört?«

Ich schüttelte den Kopf. »Nein, habe ich nicht. Ich war wohl wie weggetreten.«

»Was schreibst du da?«, fragte er und nahm das Papier von der Theke.

Seine Augen verengten sich, als er meine hingekritzelte Schrift las. »Was ist das? Du ziehst um?«

»Ich kann nicht hierbleiben, Gabriel. Ich kann es einfach nicht.«

Er ergriff meine Hand, legte das Notizbuch auf die Theke und zog mich eng an sich. »Geh dich umziehen. Wir fahren für eine Weile aus der Stadt.«

Ich nickte, froh über die Ablenkung. Ich rannte nach oben und zog mich schnell um, in Jeans und eine Bluse. Ich hatte keine Ahnung, wohin wir fuhren, aber ich wollte es bequem haben und für alles bereit sein.

Als ich wieder nach unten ging, hatte sich die Panik, die ich zuvor gefühlt hatte, etwas gelegt. Gabriel hatte diese Wirkung auf mich. Er konnte mich wieder einfangen, wenn ich kurz davor war, durchzudrehen. Ich würde ihn vermissen, wenn ich wegzog.

Wir fuhren schweigend nach Ruby Red. Ich grübelte immer noch darüber nach, wie ich den Rest meines Lebens allein leben würde. Es war ein beängstigender Gedanke, aber ich stellte mir vor, dass ich, sobald ich mich daran gewöhnt hatte, damit klarkommen würde. Ich könnte Füchse oder Bären oder was auch immer als Haustiere haben. Ich könnte meine Magie benutzen, um sie zu zähmen – vorausgesetzt, ich würde herausfinden, wie das geht.

»Hungrig?«, fragte er.

»Ja«, sagte ich und merkte, dass ich am Verhungern war.

Es war ein spätes Mittagessen, was bedeutete, dass das italienische Restaurant, das er ausgewählt hatte, ziemlich leer war. Das war gut. Mir war nicht danach, unter Menschenmassen zu sein.

»Okay, erzähl mir, was mit deiner Mutter passiert ist, und sag nicht ›nichts‹, denn es war offensichtlich etwas Großes. Du bist bereit, das Handtuch zu werfen und in die Berge zu fliehen. Das ist eine große Sache«, sagte er und sah mir direkt in die Augen.

Ich holte tief Luft und erzählte ihm alles. Als ich fertig war, hatte er einen bekümmerten Ausdruck im Gesicht. »Wow«, murmelte er.

»Nicht das Wort, das ich benutzen würde, aber ja, wow in der Tat«, sagte ich lachend.

»Ich kann nicht glauben, dass sie dieses Zeug benutzen«, murmelte er. »Ist es LSD?«

»Ich weiß nicht«, ich zuckte mit den Schultern. »Es klingt ähnlich. Daphne hat ein Buch, in dem die verschiedenen Pflanzen beschrieben werden, die bei vielen der Rituale verwendet werden. Viele von ihnen haben halluzinogene Eigenschaften.«

Er schüttelte den Kopf. »Ich kann mir nicht vorstellen, wie Tante Coral auf einem Trip ist.«

»Es tut mir leid. Ich habe dir das alles vorher nicht erzählt, weil ich nicht wollte, dass du denkst, ich würde Coral irgendetwas vorwerfen. Ich wollte mehr herausfinden, bevor ich etwas sage«, erklärte ich.

»Schon gut. Ich glaube nicht, dass meine Tante zu so etwas Hinterhältigem fähig wäre, aber ich kann versuchen, sie zu fragen.«

»Wirklich?«

Er zuckte mit einer Schulter. »Klar, warum nicht. Sie spricht mit mir über Dinge, von denen sie glaubt, dass sie mit den anderen Frauen nicht darüber reden kann. Ich bin ein Außenstehender, also bin ich in gewisser Weise ungefährlich.«

»Bist du sicher, dass du nicht sauer bist, dass ich deine Tante im Grunde des Mordes bezichtigt habe?«

»Violet, ich glaube ehrlich gesagt nicht, dass eine von ihnen Harry absichtlich vergiftet hat. Aber ich muss zugeben, dass ich meinen eigenen Verdacht hatte, was die Quelle des Giftes angeht. Ich wollte dir nichts sagen, weil ich dachte, du würdest es verheimlichen«, sagte er mit einem Grinsen. »Ich schätze, wir müssen lernen, einander ein bisschen mehr zu vertrauen.«

Ich hielt seinen warmen, blauen Blick fest und lächelte. Zum ersten Mal seit einer Woche fühlte ich mich ruhig. »Wie wirst du es bei Coral zur Sprache bringen?«, fragte ich.

»Ich weiß nicht. Ich glaube, ich fange einfach bei George an. Ich weiß, dass sie sehr verärgert darüber ist, dass er immer noch in der Stadt ist. Das sind sie alle, und ich weiß, wie besitzergreifend sie sind, was ihre Sachen angeht, besonders die Fabrik«, sagte er kopfschüttelnd.

»Diese Fabrik ist der Fluch meines Lebens«, murmelte ich.

»Ich verstehe, warum du den Laden vernageln wolltest, und ich halte das für eine gute Idee. Ich kann morgen ein paar Bretter besorgen. Wenn das Gift da drin ist, wollen wir nicht, dass es jemand anderem in die Hände fällt«, sagte er mit einer Grimasse. »Im Ernst, wenn es so giftig ist, sollte es in einem Safe oder so aufbewahrt werden. Du hast gesagt, sie haben Gläser davon herumstehen?«

»Nicht offen herumliegend, aber in Schränken. Ich habe ein Glas in Lilas Keller gefunden. Genau genommen weiß ich nicht mit Sicherheit, was in dem Glas war.«

»Trotzdem ist es nicht sicher. Es besteht immer die Möglichkeit, dass jemand zufällig darauf stößt.«

»Ich frage mich, was Coral sagen wird«, sagte er, bevor er einen Bissen von seiner Pizza nahm. »Ich glaube nicht, dass sie alles abstreiten wird, aber ich weiß auch nicht, ob sie einfach so alles zugeben wird.«

»Du musst vorsichtig sein, Gabriel. Du hättest hören sollen, wie Mom und Lila über mich und Daphne geredet haben – als wären wir Störenfriede, um die man sich kümmern muss. Ich rechne halb damit, dass sie mein Gedächtnis löschen oder so etwas. Wenn ich eines Tages aufwache und dich nicht erkenne oder plötzlich nichts mehr über Hexen und Werwölfe weiß, dann weißt du warum.«

Er kicherte. »Wäre das wirklich so schlimm?«

»Eigentlich nicht, nein. Ich hoffe nur, wenn sie es tun, dass sie mir keine totale Amnesie verpassen.«

»Kannst du dich selbst verzaubern?«, fragte er nachdenklich.

Ich zuckte mit den Schultern. »Ich habe keine Ahnung, aber ich verstehe, worauf du hinauswillst. Das ist eine gute Idee. Ich könnte mein eigenes Gedächtnis an alles Hexenhafte auslöschen.«

»Vielleicht lieber nicht. Du bist noch neu im Zaubern. Ich fände es schrecklich, wenn du dir das Gehirn braten würdest. Ich mag es nämlich so, wie es ist«, sagte er mit einem charmanten Grinsen.

»Oh, wie süß, aber Gabriel?«

»Ja, Violet?«

»Bitte sei vorsichtig.«

»Violet, meine Tante ist eine der süßesten, liebenswürdigsten Frauen, die ich kenne. Sie wird mir nichts tun. Verurteile sie nicht, bevor du nicht alle Fakten kennst. Harry könnte die Pflanze auch woanders gefunden haben. Es gibt keinen Beweis, dass er in der Fabrik vergiftet wurde.«

»Nun, wir wissen, dass er dort drin war«, sagte ich und erzählte ihm dann von George und den anderen in der Fabrik und was sie gesagt hatten.

»Erstens«, sagte er und hob einen Finger. »Ich will diese Videos sehen, wenn Daphne sie hat. Zweitens, wenn die Salben im geheimen Hexenzirkelraum waren, kann Harry unmöglich mit genau diesen Gläsern in Berührung gekommen sein.«

Ich nickte zustimmend. »Ja, aber was, wenn auf der anderen Seite des Kellers auch Gläser standen?«

Er zuckte mit den Schultern. »Das wissen wir nicht. Ich glaube nicht, dass George zugeben wird, überhaupt in der Fabrik gewesen zu sein, geschweige denn, dass er Kisten durchwühlt hat.«

»Ich weiß, was wir tun!«, sagte ich, als mir eine Idee in den Kopf schoss. »Wir sprechen einen Wahrheitszauber. Er wird uns sagen müssen, was er weiß!«

Gabriel nickte. »Das würde funktionieren, wenn er weiß, wie Harry vergiftet wurde.«

Ich verzog das Gesicht. »Verflixt. Ich verstehe nicht, wie nur einer von ihnen krank werden konnte.«

»Vielleicht hat Harry auf eigene Faust ermittelt und wollte nicht, dass die anderen davon erfahren«, schlug Gabriel vor.

»Möglich. Ich wünschte, Harold würde uns sagen, was bei den Ermittlungen los ist. Ich bin nicht zu ihm gegangen und er hat mich weder angerufen noch ist er in der Bäckerei aufgetaucht. Ich will nicht fragen und zu interessiert klingen. Das würde mich verdächtig aussehen lassen, aber ich brenne darauf, es zu erfahren.«

Er lächelte. »Ich denke, wenn Harold vermuten würde, dass du oder die anderen Frauen etwas damit zu tun hätten, würde er sich schon bemerkbar machen.«

Ich schüttelte den Kopf. »Nicht, wenn Lila ihn wieder verhext hat.«

»Violet, es besteht die Möglichkeit, dass Harold überhaupt nicht in die Ermittlungen einbezogen wird«, sagte Gabriel.

»Weißt du was, wir sind hier, damit ich mich von all dem Kram ablenke. Ich will nicht mehr darüber reden. Keine Vielleichts oder Was-wäre-wenns mehr. Ich will meine Zeit mit dir genießen. Falls ich doch Reißaus nehme, will ich ein paar gute Erinnerungen mitnehmen können.«

»Du nimmst nirgendwohin Reißaus. Das werde ich nicht zulassen.«

Ich lächelte und schüttelte den Kopf. »Tut mir leid, Gabriel, aber du hast keine Wahl. Ich werde keine weitere Woche in Lemon Bliss bleiben, wenn es so aussieht, als wäre Harrys Tod ein kaltblütiger Mord gewesen. Ich werde nicht hierbleiben, wenn sich herausstellt, dass meine Mutter und die übrigen Hexen fahrlässig gehandelt und diesen Mann das Leben gekostet haben.«

Er hob kapitulierend beide Hände. »Verstanden. Sollen wir also über Fußball, Baseball oder Basketball reden? Oder noch besser, über das Wetter?«

Ich kicherte. »Danke.«

Danach entspannten wir uns beide ein wenig und genossen unser Essen. Als er vor meinem Haus hielt, bat ich ihn zu bleiben. Ich wollte nicht allein sein. Ich hatte keine Angst, aber ich hatte das Gefühl, dass meine Tage mit Gabriel gezählt waren, und ich wollte jede mögliche Minute genießen.

KAPITEL ACHTZEHN

Meine sonstige Begeisterung fürs Backen war verflogen. Es bereitete mir nicht mehr die gleiche Freude wie sonst. Alles in meinem Leben fühlte sich falsch an. Der ständige Stress und der Schlafmangel ließen mich doppelt so alt fühlen, wie ich wirklich war. Ich merkte, dass es Daphne genauso ging.

Keine von uns hatte den ganzen Tag über viel gesagt. Wir hatten beide nur mechanisch unsere Arbeit erledigt, gebacken und Kunden bedient. Nachdem die Bäckerei geschlossen hatte, kam Daphne in die Küche, öffnete ihre riesige Handtasche und zog eine Flasche Wein heraus.

»Ich brauche einen Drink, und ich weiß, du auch«, verkündete sie und goss die rote Flüssigkeit in Kaffeetassen. Da wir hier keine Weingläser hatten, waren die perfekt.

Ich nahm einen langen Schluck und sah sie an. »Danke, das habe ich gebraucht.«

»Willst du mir erzählen, was gestern passiert ist?«, fragte sie.

Ich verdrehte die Augen. »Es war furchtbar.«

»Ich kenne die eine Seite der Geschichte. Ich habe darauf gewartet, deine zu hören.«

Ich gab ihr die Kurzfassung meines Gesprächs mit meiner Mutter. Sie nickte mit, als ob sie schon wüsste, was ich sagen würde.

»Du tust so, als ob du es schon wüsstest?«, fragte ich, ein wenig misstrauisch. »Hat meine Mutter mit dir gesprochen?«

Sie schüttelte den Kopf. »Nein, aber meine Mutter hat mit mir geredet und ich habe dieselbe Leier zu hören bekommen. Ich schätze, wir waren das Gesprächsthema, während sie weg waren. Ihr erster Versuch hat nicht funktioniert, also haben sie beschlossen, einen auf nett zu machen und zu versuchen, uns wieder auf ihre Seite zu ziehen. Wirst du es tun?«, fragte sie.

Ich zuckte mit den Schultern und nahm noch einen Schluck aus meiner Tasse. »Ich weiß nicht.«

»Das Gespräch kam auf, als ich unerwartet bei meiner Mutter auftauchte. Ich wusste nicht einmal, dass sie wieder in der Stadt war. Ich hatte gehofft, mich in ihrem Haus ein wenig umsehen zu können. Als ich dort ankam, lud sie gerade Kartons in den Kofferraum ihres Wagens.«

»Noch mehr Kartons?«, fragte ich überrascht. »Wie viele von diesen Gläsern haben die denn? Wenn sie kistenweise von dieser sogenannten Flugsalbe haben, was machen sie dann wirklich damit?«

Daphne schüttelte den Kopf. »Ich habe keine Ahnung, aber ich glaube nicht, dass ich noch mal etwas annehmen werde, was meine Mutter oder eine der anderen Damen mir anbietet. Selbst wenn sie nicht versuchen, mich zu vergiften, möchte ich lieber nicht auf einen ungeplanten Flug gehen«, sagte sie mit einem Kichern.

»Ich kann nicht glauben, dass sie so viel von dem Zeug haben.«

»Warum nur? Ich verstehe nicht, warum sie gerne mit Gift spielen. Welchen Nutzen könnte das möglicherweise haben? Ich meine, ehrlich, wann wurden sie das letzte Mal von einem Werwolf oder Vampir angegriffen? Und wenn das kürzlich passiert ist, hätten sie uns nicht warnen sollen, dass das eine Möglichkeit ist?«

Ich lachte. »Ich bin mir nicht sicher, ob ich es geglaubt hätte, wenn eine von ihnen mir gesagt hätte, ich solle mich vor einem Werwolf in Acht nehmen.«

Sie kicherte. »Ich habe ein paar extrem haarige Männer gekannt. Ich frage mich, ob das Werwölfe waren.«

»Erinnerst du dich an das eine Mal, als wir bei dir übernachtet haben? Ich glaube, wir waren so um die zehn. Unsere Mütter kochten in der Küche etwas, das sie Eintopf nannten. Erinnerst du dich, wie schlimm das gestunken hat?«, fragte ich.

Sie nickte. »Wie könnte ich das vergessen? Ich dachte noch, wie furchtbar das schmecken würde, wenn sie es am nächsten Tag zum Abendessen serviert. Wir haben nie Eintopf bekommen.«

»Das muss einer ihrer Tränke oder Salben gewesen sein«, sagte ich kopfschüttelnd. »Was, wenn sie giftige Zutaten verwendet haben? Was, wenn wir aus Versehen den Löffel angefasst oder einen Bissen von dem Zeug probiert hätten?«, fragte ich entsetzt.

»Warte! Ich erinnere mich, als mein Dad wegging. Meine Mom war nicht einmal traurig. Meinst du ...«, ihre Worte verklangen, und sie beendete ihre Frage nicht.

Das musste sie auch nicht. »Alle Ehemänner sind jung gestorben oder verschwunden«, murmelte ich.

»Meine Mutter nannte es einen Fluch, aber was, wenn sie es selbst waren? Meine Großmutter war auch Single. Tatsächlich war die einzige Broussard-Frau, die bis zu ihrem Tod einen Ehemann hatte, meine Ururgroßmutter.«

Daphne sah nachdenklich aus. »Wenn ich es mir recht überlege, habe ich meinen Großvater nie kennengelernt.«

»Seltsam. Wenn ich jetzt an meine Kindheit zurückdenke, gab es eine Menge komischer Dinge, die passiert sind. Erinnerst du dich an das Haus dieser Frau, das Feuer gefangen hat?«

Daphne nickte. »Ja. Ich erinnere mich auch, dass meine Mutter nicht das geringste Mitleid mit ihr hatte. An der Kasse im Supermarkt stand eine Spendenbüchse, und sie hätte sich fast verschluckt, als ich sie fragte, ob wir etwas Geld hineinwerfen könnten.«

»Ich habe gehört, wie meine Mutter und meine Oma darüber geredet haben. Sie waren froh, dass sie wieder nach Hause zog, an einen weit entfernten Ort. Ich fand das damals ziemlich gemein, aber jetzt frage ich mich, ob sie das Feuer gelegt haben, um sie aus der Stadt zu vertreiben.«

Stille trat zwischen uns ein. Ich konnte mich an unzählige Vorfälle erinnern, bei denen die Dinge seltsam wirkten, aber meine Mutter hatte immer eine Ausrede parat. Ich nehme an, das war nun ihre Hexerei.

»Glaubst du, sie haben Lemon Bliss die ganze Zeit terrorisiert?«, fragte Daphne.

»Ich weiß nicht, aber es würde erklären, warum sie so sehr für sich bleiben. Niemand redet wirklich mit ihnen oder über sie. Es ist, als wären sie irgendwie die Königinnen von Lemon Bliss. Wenn sie einen Laden betreten, siehst du, wie die anderen sie ansehen. Weißt du, so nach dem Motto ›Anschauen, aber nicht anfassen‹.«

Sie nickte. »Und Darlene hasste sie wegen dem, was ihre Familie durchgemacht hat. Wir haben die Geschichte geglaubt, die unsere Mütter uns erzählt haben, die die Schuld auf Darlenes Vorfahren schob, aber wer weiß, vielleicht waren unsere Vorfahren im Unrecht. Waren sie schon immer die Tyrannen, die Leute aus der Stadt jagen, die sie nicht mögen?«

»Wow. Ich weiß gar nicht, was ich denken soll«, murmelte ich. »Aber ich erwäge ernsthaft meinen Plan, in eine abgelegene Hütte zu ziehen.«

»Wovon redest du?«, fragte sie, ihre Augen weiteten sich, als sie ihren Wein hinunterstürzte.

Ich stieß einen langen Seufzer aus und erzählte ihr von meinem Plan. Die ganze Zeit, während ich redete, schüttelte sie den Kopf. »Das kannst du nicht machen. Die Bäckerei!«

»Du kannst es haben. Ich überschreibe dir gerne meine Hälfte. Ich will das nicht mehr, Daphne. Ich bin müde«, sagte ich, und all die Gefühle und die Frustration schwangen in meiner Stimme mit.

»Das kommt nicht in die Tüte. Die werden uns nicht aus der Stadt drängen, nachdem sie sich so ins Zeug gelegt haben, um uns hierher zu bekommen. Du bist keine, die einfach aufgibt. Ich kenne dich doch. Das ist nur ein Stolperstein. Wir bleiben und kämpfen. Wir werden uns wehren«, bestand sie darauf.

»Ich weiß nicht, ob ich das will.«

Sie schlug mit der flachen Hand auf die große Arbeitsplatte. »Doch, das willst du.«

Ich lächelte. »Was ist dein Plan? Es ist nicht einmal so, dass ich Angst vor ihnen habe, aber ich möchte nicht mit ihrem Verhalten in

Verbindung gebracht werden. Ich glaube kaum, dass ›dahin fliegen, wohin auch immer die Salbe mich bringt‹ auf meiner Top-Ten-Liste der Dinge steht, die ich tun will. Erinnerst du dich nicht an das eine Mal, als wir Pilze genommen haben?«

Sie fing an zu lachen. »Oh Mann. Erinner mich bloß nicht daran.«

Ich nickte. »Deshalb habe ich auch nicht die Absicht, zu fliegen, meine Gestalt zu wandeln oder sonst irgendetwas Verrücktes zu tun.«

»Es ist alles so schwer vorstellbar«, sagte sie kopfschüttelnd. »Unsere Mütter!«

»Gabriel wird versuchen, mit Coral zu reden«, sagte ich und wartete auf die nächste Explosion.

»Was! Bist du verrückt?«, kreischte sie.

Das war die Reaktion, die ich erwartet hatte. Es war eine wahnwitzige Idee und wir wussten beide, was passieren konnte. Die Männer im Umfeld der Frauen, die wir kannten, blieben für gewöhnlich nicht lange.

»Er hat darauf bestanden. Ich glaube, Coral ist von allen wahrscheinlich die Harmloseste«, argumentierte ich.

»Wenn du meinst«, schoss sie zurück.

»Lass uns zumachen. Ich will hier raus. Ich will Wein trinken, mich ins Bett kuscheln und vergessen, dass das alles gerade passiert.«

»Vielleicht sollte ich Harold anrufen und fragen, was die Ermittlungen ergeben haben?«, schlug Daphne vor.

»Nein! Er wird denken, du wüsstest etwas.«

»Ich weiß ja auch was«, erwiderte sie trocken.

»Tatsächlich ist das vielleicht eine gute Idee. Ich kann anrufen und fragen, ob ich mir Sorgen um die Fabrik machen muss. Ich sage ihm, ich vernagele die Fenster und Türen, damit sie unzugänglich ist. Vielleicht lässt er ja eine kleine Information für mich springen.«

Sie nickte, und ihre Augen leuchteten auf. »Schaden kann es nicht. Ruf ihn an!«

Die Uhr zeigte kurz nach fünf. Hoffentlich war er noch in seinem Büro. Ich schnappte mir mein Handy, suchte nach der Nummer und wartete darauf, dass seine Sekretärin abnahm.

Er war da. Ich drehte mich um und gab Daphne einen Daumen nach oben. Sie grinste zurück.

»Hallo Harold, hier ist Violet. Haben Sie ein paar Minuten Zeit?«

Ich fragte nach dem Stand der Ermittlungen und erzählte ihm von meinen Plänen für die Fabrik. Er wollte mir keine wirklichen Informationen über die Untersuchung geben, sagte aber, dass er kein Problem damit sehe, wenn ich das Gebäude verbarrikadierte. Tatsächlich meinte er, er sei erleichtert, dass ich Maßnahmen ergreife, um es besser zu sichern.

Ich legte auf, ohne mehr zu wissen, fühlte mich aber ein wenig besser. Und sei es nur, weil ich das Gefühl hatte, etwas getan zu haben.

»Daphne, hast du diese Speicherkarten überprüft?«, fragte ich, da mir gerade erst wieder einfiel, dass sie das tun wollte.

Ihre Augen wurden groß. »Nein! Das habe ich total vergessen! Holen wir sie uns!«, sagte sie eifrig.

Ich grinste und freute mich auf ein wenig Unterhaltung.

»Schnapp dir deinen Laptop«, sagte ich, wischte mir die Hände ab und räumte schnell alles weg.

Sie ging nach vorne, um ihn unter der Theke hervorzuholen. Wir schlossen die Bäckerei ab und fuhren zur Fabrik, ohne uns darum zu scheren, wer uns hineingehen sah. Wir benutzten die Vordertür und gingen hinein, um förmlich jemanden herauszufordern, uns zu bemerken.

»Wie kommen wir da hoch?«, fragte sie und deutete auf eine der Kameras, die in der Ecke montiert war.

Ich sah mich um, fand eine leere Holzkiste und schob sie hinüber. Ich hielt die Kiste fest, um sie zu stabilisieren, während sie hinaufkletterte und die Speicherkarte herauszog.

»Wirst du eine neue einsetzen?«, fragte ich.

»Nicht, bevor wir hier fertig sind.«

»Gut mitgedacht. Ich wusste doch, dass es einen Grund gibt, warum wir Freundinnen sind«, neckte ich sie.

»Frag mich nicht, wie wir all die Karten austauschen sollen, ohne dass sie uns auf Kamera erwischen«, scherzte sie.

»Ugh, daran habe ich nicht gedacht. Lass uns die Karten einfach draußen lassen. Sie werden annehmen, dass sie vergessen haben, sie einzusetzen. Hoffe ich jedenfalls. Es ist ja nicht so, als hätten sie irgendwelche Beweise für das Gegenteil«, sagte ich, wobei es mir eigentlich egal war, ob die Eindringlinge sahen, wie ich an ihrer Ausrüstung herumfuschte. Schließlich war das meine Fabrik.

»Von mir aus gern. Tragen wir das nach unten«, sagte sie und trug den Laptop in Richtung der verborgenen Tür.

Ich folgte ihr, gespannt darauf, was auf den Speicherkarten war.

Wir ließen uns auf das Sofa plumpsen. Sie lud die erste Karte, und ich erhaschte meinen ersten Blick auf Dale Jr. und Stan. Als die Aufnahmen von ihrem Versuch, den Geist zu rufen, erschienen, brachen wir beide in Gelächter aus. Es war ein dringend benötigtes Lachen nach einer stressigen Woche.

»Sie tun mir fast leid«, sagte ich.

»Warum?«

»Sie wollen so unbedingt einen Geist sehen. Vielleicht sollten wir etwas inszenieren«, schlug ich vor.

»Auf keinen Fall, dann hast du hier bald alle möglichen übernatürlichen Jäger, die sich darum reißen, reinzukommen.«

»Vielleicht könnte ich eine Gebühr verlangen. Wir könnten einen Zeitplan aufstellen, sodass immer nur eine Gruppe auf einmal da ist«, überlegte ich.

»Und wie würden die Damen dann zu ihrem geheimen Raum kommen?«

»Oh, das wäre da noch. Also gut, schon gut. Ich werde wieder dazu übergehen, den Laden zu verbarrikadieren und dichtzumachen.«

Sie lehnte sich auf dem Sofa zurück, ihr Gesicht zur Decke gerichtet. »Violet, ich habe eine Idee.«

Ich traute mich kaum zu fragen.

KAPITEL NEUNZEHN

Ihre Idee war nicht gerade verlockend, aber ich machte mit. Es war an der Zeit, dass wir reinen Tisch machten. Man musste das Pflaster schnell abreißen – es einfach schnell hinter sich bringen, anstatt den Schmerz unnötig in die Länge zu ziehen.

Ich ging im Sitzbereich des geheimen Raumes auf und ab. »Wir hätten etwas zu essen mitbringen sollen.«

»Na ja, als wir herkamen, hatte ich nicht vor zu bleiben.«

Daphne hatte beschlossen, dass ein Zirkeltreffen uns die Gelegenheit geben würde, unserem Ärger Luft zu machen. Sollten die anderen Hexen sich weigern, Vernunft anzunehmen, und darauf bestehen, ihre Scharade fortzusetzen, waren Daphne und ich bereit, den Zirkel für immer zu verlassen.

»Das wird aber besser ein kurzes Treffen. Ich habe Hunger«, beschwerte ich mich.

»Ich muss mein Auto nach hinten umparken. Ich glaube, ich habe einen Müsliriegel drin. Den kannst du haben«, sagte sie und ging die Treppe hinauf.

Es dauerte nicht lange, bis meine Mutter und die übrigen Frauen auftauchten. Die Spannung war zum Schneiden dick. Es hieß Daphne und ich gegen sie alle. Wir wussten es, und sie wussten es auch.

»Worum geht es hier?«, fragte Magnolia. »Sie haben uns doch aus einem bestimmten Grund hierherbestellt.«

»Ja, das haben wir. Wir müssen reden, und ich möchte Sie bitten, alle ehrlich zu uns zu sein. Sie müssen verstehen, dass Violet und ich bereit sind, alles hinter uns zu lassen, wenn wir nicht das Gefühl haben, dass Sie ehrlich zu uns sind«, begann Daphne.

Lila schnaubte verächtlich. »Ach, bitte. Ihr Mädchen habt doch nur einen Trotzanfall. Es ist an der Zeit, dass ihr erwachsen werdet und einseht, dass ihr nicht immer euren Willen bekommen könnt.«

»Lila, bitte«, unterbrach Coral sie. »Lassen Sie sie sagen, was ihnen auf dem Herzen liegt.«

Ich schenkte ihr ein Lächeln und dankte ihr im Stillen für ihre Unterstützung.

»Wir glauben, dass eine von Ihnen oder Sie alle etwas mit Harrys Tod zu tun hatten«, platzte ich heraus.

Die schockierten und entsetzten Blicke auf den Gesichtern der Frauen, die ich immer als eine Art zweite Mütter betrachtet hatte, waren ein wenig traurig, aber es musste gesagt werden.

»Violet«, warnte meine Mutter. »Wir haben darüber gesprochen.«

»Nein, du hast darüber gesprochen und bist dann hinausgestürmt. Mom, ich weiß, dass du und Lila die Salben und andere Gläser mit Tränken von hier weggeschafft habt.«

Sie zog eine Augenbraue hoch. »Ach, wirklich? Und woher willst du das wissen?«

»Weil ich hier war. Ich habe euch beide reden hören. Ich habe gehört, wie Lila zu dir sagte, du sollst mich unter Kontrolle bringen, ach nein, ihre Worte waren, du sollst *mich zähmen*«, sagte ich und warf der lavendelhaarigen Frau einen wütenden Blick zu.

Lilas Gesicht wurde bei dieser Anschuldigung rot.

»Lila?«, sagte Magnolia und drehte sich zu ihrer Freundin um. »Haben Sie das gesagt?«

»Das ist nicht alles, was sie gesagt hat. Sie hat auch vorgeschlagen, dass Sie sich nach anderen Hexen umsehen sollten, die den Zirkel übernehmen, weil Daphne und ich der Aufgabe nicht gewachsen wären.«

»Lila!«, entrüstete sich Magnolia. »Das ist nicht Ihre Entscheidung!«

Lila brach in Tränen aus, aber ich fühlte nicht das geringste Schuldgefühl. Coral schüttelte den Kopf. Meine Mutter sah aus, als hätte sie in eine Zitrone gebissen. Daphne und ich lehnten uns zurück und warteten darauf, dass eine von ihnen versuchen würde, ihre Pläne abzustreiten.

Niemand tat es.

Es war Magnolia, die schließlich erst Daphne und dann mich ansah. »Ich kann nicht fassen, dass Sie beide jemals denken könnten, wir würden jemandem etwas antun.«

Daphne verdrehte die Augen. »Wir vermuten, dass in unserem Leben noch viel mehr passiert ist, was Sie alle geheim gehalten haben. Jetzt so zu tun, als wären Sie unschuldig, wird auch nicht helfen.«

»Daphne! Ich würde niemals jemanden verletzen, geschweige denn einen anderen Menschen töten. Das würde in den Bereich der dunklen Künste fallen, und von dort gibt es kein Zurück«, schalt sie, doch ihr Ton wurde schnell sanfter. »Ich möchte nicht, dass Sie das von mir denken.«

»Jemand muss anfangen zu reden. Und kommen Sie uns bitte nicht mit Sprüchen über den Schutz des Zirkels oder Ähnlichem. Wir verstehen das. Das bedeutet aber nicht, dass Sie jemandem ernsthaften Schaden zufügen und dann zusammenarbeiten dürfen, um die Beweise zu verstecken«, sagte ich.

Meine Mutter ergriff die Initiative und begann zu sprechen. »Ja, hier wurden Salben gelagert. Viele von ihnen sind älter als dieses Gebäude. Tatsächlich war der Raum, in dem Sie sich gerade befinden, schon vor der Fabrik hier. Es war ein geheimes unterirdisches Versteck für die Hexen, die von überall her reisten, um hier zu praktizieren. Dies war ihr Zufluchtsraum.«

»Was?«, fragte ich erstaunt.

Sie nickte. »Die Fabrik wurde über dem Raum gebaut, nachdem das ursprüngliche Haus hier abgerissen worden war. Es war Ihre Ururgroßmutter, die damals die Bauarbeiter verzauberte, damit sie vergaßen, was sie zu Beginn der Bauarbeiten gesehen hatten. Dieser Raum wurde von Hexen aus einer Reihe verschiedener Zirkel genutzt. Er birgt eine große Macht. Die Salben wurden hier zur sicheren Aufbewahrung gelagert, weil kein Sterblicher den Raum sehen kann.«

»Wie hat Harry es dann geschafft, das Gift in die Hände zu bekommen?«, fragte Daphne.

Es war Magnolia, die antwortete. »Wie wir schon sagten, wir sind nicht die einzigen Hexen, die diesen Ort nutzen. Da jede Salbe unterschiedliche Inhaltsstoffe hat und einige weitaus stärker sind als andere, mussten wir sie getrennt aufbewahren. Vor Jahren haben wir einige der Salben entfernt, die sich als extrem wirksam erwiesen hatten. Ungeübte Hexen hatten die Salben zubereitet, und sie waren gefährlich. Wir hielten es für das Beste, sie von den anderen zu entfernen, um weitere Vorfälle zu vermeiden.«

»Vorfälle?«, sagte ich und zog eine Augenbraue hoch.

»Vor vielen, vielen Jahren ist hier eine junge Hexe gestorben. Sie hatte versucht, gestaltzuwandeln und eine Salbe verwendet, die für ihren Körper viel zu stark war.«

Ich nickte und erinnerte mich an den Mord, von dem ich gehört hatte. Dieser Tod war damals zu Recht den Hexen zur Last gelegt worden.

»Wollen Sie damit sagen, dass diese Gläser im Hauptkeller gelagert wurden?«, fragte ich.

Lila seufzte. »Ja. Wir wussten nicht, was wir mit ihnen machen sollten. Die Fabrik war geschlossen und es gab so viele Kisten und Regale, dass wir dachten, wir könnten die Gläser vor aller Augen verstecken. Sie stehen dort seit mehr als zwanzig Jahren. Wir haben sie weggeräumt, nachdem deine Großmutter eine andere junge Frau davon abgehalten hatte, die Salbe zu benutzen. Wir konnten nicht riskieren, dass jemand verletzt wird oder stirbt. Das hätte alte Spannungen wieder aufleben lassen und die Fabrik ins Rampenlicht gerückt.«

Langsam begann ich zu verstehen, was an jenem verhängnisvollen Tag geschehen war.

»Harry hat wahrscheinlich eines der Gläser gefunden«, sagte Coral leise. »Sie müssen verstehen, uns tut es allen furchtbar leid, was passiert ist. Wir haben nie erwartet, dass jemand die Kiste findet, und wir wollten ganz sicher nicht, dass jemand verletzt wird.«

»Er wurde nicht verletzt. Er ist gestorben«, merkte Daphne an.

»Daphne, das ist nicht fair«, erklärte Magnolia. »Keine von uns wollte, dass das passiert. Es war ein Unfall. Ein schrecklicher Unfall.«

»Ich weiß nicht, ob seine Familie das als einen Unfall ansehen würde. Sie haben einen neunzehnjährigen Jungen verloren«, gab ich zu bedenken.

»Wir wissen das«, sagte meine Mutter, und ihre Stimme klang frustriert. »Wir wissen das, und deshalb tun wir alles, was wir können, um sicherzustellen, dass es nicht noch einmal passiert.«

»Was tun Sie denn?«, fragte ich.

Sie holte tief Luft. »Die Pakete, die wir verschickt haben, das sind die Gläser mit den verschiedenen Salben. Wir schicken sie zur sicheren Aufbewahrung an andere Hexen im ganzen Land.«

»Und das soll sicherer sein? Dadurch werden doch noch mehr Leute damit in Berührung kommen«, sagte Daphne entnervt.

»Sie kümmern sich um all das, und die Pakete sind mit Schutzzaubern für einen sicheren Transport versehen. Hexen auf der ganzen Welt haben diese Tränke und Salben zur Hand. Sie sind sicher, wenn sie ordnungsgemäß gelagert werden«, erklärte Magnolia.

»Warum haben Sie es Harold nicht gesagt?«, fragte ich.

Meine Mutter schnaubte. »Violet, wenn wir ihm sagen, dass wir geheime Tränke im Keller der Fabrik hatten, würden wir uns eine Menge Ärger einhandeln.«

»Können Sie nicht sagen, dass sie von der Fabrik übrig geblieben sind?«

»Niemand würde uns glauben, dass wir giftige Toxine zur Herstellung von Zitronentee verwendet haben«, erwiderte meine Mutter.

Da hatte sie recht.

»Okay, können Sie nicht sagen, Sie hätten Salben für Ihre Muskeln oder so etwas hergestellt? Ich habe gelesen, dass man früher Eisenhut für medizinische Zwecke verwendet hat«, fragte ich.

Meine Mutter sah die anderen Frauen an und beurteilte ihre Reaktionen. Niemand schien von der Idee begeistert zu sein.

»Das ist zu riskant. Es würde Fragen aufwerfen, warum wir Eisenhut hatten, und es würde definitiv eine komplette Durchsuchung der Fabrik geben. Wir können es uns nicht leisten, Verdacht zu erregen. Es gibt genug Leute in Lemon Bliss, die bereits glauben, dass wir Hexen *sind*. Wir waren sehr vorsichtig, ihnen nichts zu geben, was als Beweis für ihre Theorien dienen könnte«, erklärte Coral.

Daphnes Blick traf meinen. Ich konnte sehen, dass sie ihnen gegenüber nachgiebiger wurde. Ich auch. Lila weinte leise in ihrem Stuhl und tupfte sich die Tränen mit einem zerknüllten Taschentuch ab.

»Okay, Sie haben den Mann nicht absichtlich getötet, aber es war nicht hilfreich, dass Sie vor uns verheimlicht haben, was Sie wussten«, stellte ich fest.

»Es gab keinen Grund, euch darüber Sorgen zu machen. Wir hatten alles im Griff. Wenn du nicht so neugierig gewesen wärst, hätten wir uns darum kümmern können, und du hättest nie etwas davon erfahren. Sieh doch, wie viel Stress dir das bereitet hat. Wir wollten dich und Daphne nur beschützen«, sagte meine Mutter mit aufrichtigem Ton.

Obwohl es immer noch ein schrecklicher, tragischer Unfall war, dass Harry gestorben war, war ich mehr als erleichtert, dass meine Mutter und die anderen endlich ehrlich zu uns waren.

»Eine Frage«, sagte ich. »Warum vernichten Sie die Salben nicht einfach? Warum das Risiko eingehen, sie in Paketen durch das ganze Land zu schicken? Sie könnten beim Transport zerbrechen. Haben Sie jemals gesehen, wie manche Pakete behandelt werden?«

»Genau wie ich sagte, wir belegen jedes Paket mit einem Schutzzauber. Er wird halten, bis er von einer anderen Hexe aufgehoben wird«, erklärte Magnolia.

Daphne und ich wechselten einen Blick. »Was ist mit dem Vergraben der Gläser?«, fragte ich mit hoher Stimme.

Die Frauen sahen sich an. Es war Coral, die das Wort ergriff. »Ich weiß es nicht. Wir haben es nie versucht.«

Ich schaute auf meine Füße hinunter.

»Violet?«, sagte meine Mutter.

»Ich habe eines vergraben«, flüsterte ich.

Ich hörte ein kollektives Keuchen im Raum.

»Was hast du vergraben?«, fragte meine Mutter, ihre Stimme am Rande der Hysterie.

»Ein Glas.«

»Woher hattest du ein Glas?«

Ich blickte auf und traf Lilas Augen. »Aus Lilas Keller«, murmelte ich.

»Sie!«, kreischte Lila. »Sie sind in mein Haus eingebrochen und haben ein Glas aus meinem Keller gestohlen?«

»Habe ich. Es tut mir leid. Nein. Eigentlich tut es mir nicht leid. Keine von Ihnen wollte uns sagen, was los war. Ich musste es wissen. Es war ein Risiko für die öffentliche Gesundheit«, erklärte ich.

»Lila, beruhigen Sie sich. Wenigstens wissen wir jetzt, wo das Glas hingekommen ist. Das ist eine große Last, die uns von den Schultern fällt«, sagte Coral mit einem leichten Lächeln. »Ihr Mädchen seid ja fleißig gewesen.«

»Sie haben uns keine andere Wahl gelassen«, sagte Daphne.

Ich nickte zustimmend. »Wenn Sie von Anfang an ehrlich gewesen wären, hätten wir das alles vermeiden können. Es war Ihre Entscheidung, Dinge zu verbergen, und das war nicht richtig. Sie können nicht erwarten, dass Daphne oder ich bei der Vertuschung eines Verbrechens Mitschuld tragen, selbst wenn es versehentlich geschah.«

»Sie haben recht«, sagte Magnolia. »Wir dachten, wir würden Sie beide beschützen. Es war keine böse Absicht. Können wir bitte nach vorne blicken und all das hinter uns lassen?«

Daphne und ich sahen uns an und nickten langsam.

»Ja, aber keine Geheimnisse mehr«, warnte ich.

Meine Mutter sprang auf und schlang ihre Arme um mich. »Ich bin so froh, das zu hören. Ich verspreche dir, wir werden dir nie wieder Informationen vorenthalten.«

Wir umarmten uns alle in einer riesigen Gruppenumarmung. Meine Welt, die so lange aus den Fugen geraten war, fühlte sich endlich wieder gerade gerückt an.

KAPITEL ZWANZIG

Später an diesem Abend kam Daphne zu mir nach Hause, um zu feiern. Nachdem ich felsenfest davon überzeugt war, dass die Welt unterging, hatte sich die Lage wieder entspannt. Ich fühlte mich so friedlich wie noch nie, seit ich das erste Mal nach Lemon Bliss gekommen war. Meine Mutter und ihre Freundinnen versprachen, uns bei allen zukünftigen Entscheidungen miteinzubeziehen. Das war wirklich alles, was wir wollten. Ihre Heimlichtuerei war nicht gerade dazu angetan, Vertrauen zu schaffen. Sie schworen, in Zukunft mit ihren potenziell tödlichen Gebräuen vorsichtiger zu sein.

»Schenk mir noch einen ein!«, sagte Daphne und hielt ihr Weinglas hoch.

Ich lachte und tat ihr prompt den Gefallen.

»Okay, jetzt, wo wir fast alle Probleme der Welt gelöst haben, zumindest die Probleme hier in Lemon Bliss, gibt es da noch eine Klei-nigkeit, um die wir uns kümmern müssen«, sagte ich, bevor ich einen langen Schluck aus meinem Glas nahm.

»George.«

Ich nickte. »Genau, George und seine Kumpels. Ich habe das Gefühl, er wird die Fabrik und uns so lange weiter belästigen, bis er etwas in die Finger bekommt. Ehrlich gesagt glaube ich, dass er ein

Schwindler ist und sich nur auf den Lorbeeren seines ehemaligen Partners ausruht. Dale war das Gehirn der ganzen Operation. George kann nirgendwo anders hin, weil er nicht weiß, wohin. Der Mann hat keinen einzigen eigenen Gedanken im Kopf«, grummelte ich.

Daphne lachte. »Vielleicht können wir ein Spukhaus für ihn finden.«

»Das ist eine Idee. Wo findet man denn ein Spukhaus?«

»Keine Ahnung. Vielleicht können wir einen der echten übernatürlichen Ermittler anrufen und fragen, ob sie ihn einarbeiten können«, schlug sie vor.

»Ich habe das Gefühl, dass ihn niemand haben will. Er ist nicht nur nervig, sondern scheint auch nicht besonders schlau zu sein«, witzelte ich.

Sie seufzte und nahm einen weiteren Schluck von ihrem Wein. »Musst du mir denn die gute Laune verderben? Das hier ist der gute Stoff. Wir gönnen uns nicht oft den guten Stoff und den will ich wirklich genießen.«

»Ich weiß, aber wir können den guten Stoff nach Herzenslust genießen, sobald wir das alles hinter uns haben. Stell dir nur mal vor, wir müssen uns nicht mehr in der Fabrik herumschleichen. Niemand wird ihr noch Beachtung schenken, wenn sie wieder die alte, langweilige Fabrik am Rande der Stadt ist.«

»Na gut«, stöhnte sie. »Was werden wir also tun? Sag mir bitte, dass es etwas Schnelles und Einfaches ist. Ich bin es leid, so viel Zeit damit zu verschwenden. Ich muss schließlich meinen nächsten Ehemann finden«, sagte sie mit einem Augenzwinkern.

»Was, wenn wir sie in die Fabrik einladen und sie nach Geistern suchen lassen? Sobald sie merken, dass da nichts ist, werden sie aufgeben und verschwinden«, überlegte ich.

Daphne sah skeptisch aus. »Und was, wenn sie etwas sehen?«

Als ich nicht sofort antwortete, wedelte sie mit der Hand.

»George. Seine Kameras, was, wenn es ihnen tatsächlich gelingt, einen Geist aufzunehmen?«

»Ich bezweifle ernsthaft, dass sie einen Geist sehen werden. Das glaubst du doch nicht wirklich, oder?«

Sie brach in schallendes Gelächter aus. »Wir haben erst kürzlich erfahren, dass es alle möglichen Arten von übernatürlichen Kreaturen gibt. Ich glaube nicht, dass es ein so großer Sprung wäre zu akzeptieren, dass in der Fabrik Geister lauern könnten. Angesichts der sagenumwobenen Geschichte des Ortes ist es sogar sehr wahrscheinlich.«

»Warum haben wir sie dann noch nicht gesehen?«, fragte ich.

Sie zuckte die Achseln. »Vielleicht, weil wir nicht daran glauben?«

»Okay, wie auch immer. Was ist schon dabei, wenn die Chance besteht, dass sie einen Geist sehen? Darum kümmern wir uns dann. Fürs Erste schlage ich vor, wir lassen sie rein und behalten sie im Auge. So können wir sicherstellen, dass sie nichts finden, was sie nicht finden sollten«, sagte ich.

Sie nickte. »Bevor wir sie reinlassen, müssen wir die Fabrik gründlich durchgehen, einschließlich des Kellers.«

»Gut. Ja, wir haben einen Plan!«

Ein Klopfen an der Tür lenkte meine Aufmerksamkeit auf sich. Als ich sie öffnete, sah ich meine Mutter mit dem Rest ihrer Freundinnen und Gabriel.

Ich brach in Gelächter aus, als meine Mutter eine Flasche Wein hochhielt. »Dürfen wir zu eurer Party stoßen?«

»Kommt rein, wir haben schon einen Vorsprung«, sagte ich lachend, trat einen Schritt zurück und winkte sie herein.

———

Am nächsten Morgen fühlte ich mich ein wenig lädiert. Ich rollte mich aus dem Bett und ging nach unten. Irgendwann letzte Nacht war mir noch eine Idee gekommen. Ich konnte nicht umhin zu denken, dass meine Großmutter mir irgendwie den Keim dieser Idee ins Unterbewusstsein gepflanzt hatte.

Meine Mutter hatte mir am Abend zuvor erzählt, dass meine Großmutter in ihrem Gewächshaus Eisenhut anbaute. Es bestand tatsächlich die Möglichkeit, dass die Pflanze Teil des wilden Blumenchaos war, das den größten Teil des Vorgartens und des Gartens hinter dem Haus bedeckte. Wir hatten letzte Nacht nachgesehen, aber keiner von uns konnte gut genug sehen, um sicher zu sein.

Ich schlüpfte in meine Schuhe und ging zum Gewächshaus. In Gläsern wurden verschiedene Samenpackungen aufbewahrt.

»Ha!«, lächelte ich, als ich die sah, die ich wollte.

Ich nahm das Glas und ging zu einer freien Stelle im Blumenbeet. Mit den Handschuhen, die ich sonst zum Putzen des Badezimmers benutzte, drückte ich den Samen vorsichtig in die Erde.

Dann holte ich tief Luft und sprach den Zauber, den meine Mutter mir letzte Nacht beigebracht hatte. Ich hoffte, er würde wirken.

Ich wartete, aber nichts geschah. Ich wiederholte die Beschwörungsformel und fuhr mit meinen Händen über die Erde, in die ich den Samen gedrückt hatte.

»Na los«, flüsterte ich. »Funktionier.«

Ich wiederholte die Beschwörungsformel noch mehrere Male.

»Grr!«, schrie ich und stampfte ins Haus. »Ich hätte es besser wissen sollen.«

Oma hatte die Macht, nicht ich. Mein Plan würde nicht funktionieren, wenn ich diese Pflanze nicht in die Finger bekommen konnte. Nach einer Dusche ging ich mit einer frischen Tasse Kaffee wieder nach draußen. Ich wollte es noch ein letztes Mal versuchen.

»Was?«, quietschte ich, als ich die Pflanze in voller Blüte sah. »Es hat funktioniert! Es hat funktioniert!«

Ich rannte zurück ins Haus, um meine Handschuhe zu holen. Vorsichtig zupfte ich einige der Blüten und Blätter von der Pflanze und steckte sie in einen versiegelten Plastikbeutel. Ich steckte diesen Beutel in einen weiteren Beutel und dann zur Sicherheit noch in einen dritten. Ich hatte keine Ahnung, wie stark die Blüten waren, aber ich wollte kein Risiko eingehen.

Ich rief Lila aus dem Auto an. »Hast du sie bekommen?«, fragte ich aufgeregt.

»Hab ich. Bist du bereit?«

»Jep, schieß los.«

Sie nannte mir schnell die Adresse. »Sei vorsichtig«, warnte sie.

»Werd ich sein.«

Ich legte auf und fuhr zu dem kleinen Motel ein paar Meilen die Autobahn hinunter. Harry hatte das Zimmer für den Monat gemietet. Harold hatte Lila erzählt, dass die Polizei den Ort noch nicht durchsucht hatte und andere Spuren verfolgte. Anscheinend hatte Harrys Tod für die staatlichen Ermittler keine hohe Priorität. Das war ein wenig traurig.

Ich tat so, als würde ich hierhergehören, fuhr mit der Hand über die Tür und ließ mich hinein. Ich fühlte mich schrecklich wegen dem, was ich vorhatte, aber Harry war bereits tot. Es hatte keinen Sinn, noch mehr Ärger zu verursachen, wenn alles nur ein unglücklicher Unfall gewesen war.

Ich ließ ein paar Blätter auf den Boden fallen, ging dann ins Badezimmer und legte ein paar neben die Toilette. Ich hoffte, das würde ausreichen, um seine versehentliche Vergiftung zu erklären. Ich starrte auf die Blütenblätter und mir wurde klar, dass ich jemand anderen in Gefahr bringen könnte, wenn er das Zimmer betreten würde. Ich überlegte mehrere Minuten lang, bevor ich beschloss, sie dort zu lassen. Das Zimmer war abgesperrt. Die Ermittler würden wissen, dass das Gift im Raum vorhanden sein könnte.

Ich verließ das Zimmer, stieg in mein Auto und fuhr zum Crooked Coffee, wo ich mich mit meiner Mutter und Lila treffen wollte.

»Hi«, sagte ich und rutschte in die Sitzecke.

»Ich hab schon für uns alle bestellt«, sagte meine Mutter und ging sofort zum nächsten Thema über. »Also, hast du es getan?«

Ich nickte. »Hab ich. Ich bete nur, dass niemand diese Blumen anfasst.«

»Lila ruft schon bei Harold an, um ihm vorzuschlagen, das Hotel noch einmal zu überprüfen. Er fühlt sich von den staatlichen Ermittlungen ausgeschlossen, also ist das perfekt. So kann er helfen.«

»Ich hoffe es. Ich kann nicht fassen, dass der Pflanzenzauber funktioniert hat«, sagte ich und spürte eine Welle des Stolzes in mir aufsteigen.

»Ich wusste, dass du es schaffen würdest. Du hast viel von der Macht deiner Großmutter geerbt. Das ist nur die Spitze des Eisbergs.«

Lila schwebte ins Café. »Hallo, Mädels!«, rief sie winkend und ließ sich in der Sitzecke neben meiner Mutter nieder.

Ich lächelte sie an. Sie strahlte über das ganze Gesicht.

»Hast du es getan?«, fragte ich sie.

Sie zuckte leicht mit den Schultern. »Ich habe zwei Dinge erledigt.

Ich habe Harold angerufen und ihm erzählt, dass ich gehört habe, jemand plane, das Zimmer auszuräumen, das Harry im Hotel hatte. Er sagte, er würde sich sofort auf den Weg machen. Ich habe ihn sogar daran erinnert, vorsichtig zu sein, da Harry möglicherweise vergiftet wurde. Er versicherte mir, dass er dafür sorgen würde, dass jeder, der das Zimmer betritt, Schutzausrüstung trägt. Und dann habe ich vielleicht ein kleines Samenkorn gepflanzt. Ich vermisse ihn, und wir alle wissen, dass da Gefühle sind. Der Mann ist einfach zu stur, um es zu erkennen. Ich habe nicht ewig Zeit, auf ihn zu warten. Keiner von uns wird jünger.«

Ich beugte mich vor und drückte ihre Hand. »Das ist perfekt. Du hast das genau richtig eingefädelt, damit er das Zimmer durchsucht. Und was das Pflanzen des Samenkorns angeht, nun ja, es ist bereits da. Du gibst ihm nur Wasser.«

Sie lächelte und ihre Wangen röteten sich. »Ich hoffe es.« Eine Pause entstand in unserem Gespräch, als die Kellnerin kam, um unseren Kaffee zu bringen.

»Also, erzähl mir von dieser Idee, die du und Daphne hattet. Ich fürchte, ich hatte schon ein Gläschen Wein, bevor ich zu deinem Haus kam«, sagte Lila mit einem Grinsen.

Ich brachte sie schnell auf den neuesten Stand, was unseren Plan anging. Wir hatten uns alle darauf geeinigt, später am Tag zur Fabrik zu fahren, um sie gründlich zu inspizieren.

»Oh, sieht so aus, als wäre es Zeit für uns zu gehen«, sagte meine Mutter und blickte über meine Schulter.

Ich drehte mich um und sah Gabriel auf uns zukommen. Als er grinste, kribbelte es in meinem Bauch und ich konnte mir ein Lächeln nicht verkneifen.

»Wir lassen euch zwei dann mal allein«, sagte Lila und rutschte aus der Sitzecke.

»Wir sehen uns dann in ein paar Stunden«, sagte meine Mutter im Weggehen.

»Auf Wiedersehen, meine Damen«, sagte Gabriel und ließ sich mir gegenüber nieder. »Ich hoffe, ich habe sie nicht verscheucht.«

»Nein, nein, alles gut. Ich sehe sie später. Du kommst doch mit uns, oder?«

Er nickte. »Ja, und ich habe das Bauholz im Truck. Wir können anfangen, die Fenster zu vernageln.«

»Gut. Kannst du mit mir kommen, um mit George zu reden?«

»Du ziehst den Plan immer noch durch?«

Ich zuckte mit den Schultern. »Ich glaube, das ist die einzige Möglichkeit, den Kerl dazu zu bringen, uns in Ruhe zu lassen. Ein Teil des Grundes, warum es für sie so faszinierend ist, ist, dass es verboten ist.«

»Das leuchtet ein«, stimmte er zu.

»Ich muss dir etwas sagen«, sagte ich und atmete tief durch. Ich hatte beschlossen, dass ich nichts vor ihm verheimlichen würde. Ich wollte ihm nicht das antun, was meine Mutter mir angetan hatte. Ehrlich währt am längsten.

»Was ist passiert?«

Ich erzählte ihm von der Pflanze und was ich mit den Blüten gemacht hatte. Er schien nicht sonderlich überrascht zu sein.

»Findest du das in Ordnung?«

»Warum sollte ich nicht? Du verschaffst der Familie einen Abschluss. Harold wird Anerkennung für seine gute Arbeit bekommen und ihr müsst euch keine Sorgen machen, dass jemand Verdacht schöpft. Ich finde, das ist ein großartiger Plan. Danke, dass du es mir erzählt hast.«

Ich lächelte und nickte, dann hatte ich den plötzlichen Drang zu weinen. Gabriel war zu gut, um wahr zu sein. Ich fragte mich, was passiert wäre, wenn meine Mutter und die anderen Frauen einfach ehrlich über ihren Status als Hexen gewesen wären.

»Danke«, krächzte ich.

»Alles in Ordnung mit dir?«

»Mir geht's super. Können wir los?«

»Jep, ich hol mir nur noch einen Kaffee.«

KAPITEL EINUNDZWANZIG

Das Gespräch mit George war anfangs angespannt gewesen. Der Mann war ein Sturkopf. Als ich damit drohte, die Speicherkarten zur Polizei zu bringen, um zu beweisen, dass er Hausfriedensbruch begangen hatte, kam er zur Vernunft.

»Woher wussten Sie, dass die Kameras da waren? Ich dachte, die Fabrik stünde leer?«

Ich zuckte mit den Schultern. »Ich habe da so meine Mittel und Wege, und es ist egal, was Sie dachten. Ich habe die Speicherkarten entfernt. Wenn Sie nicht zustimmen, zu verschwinden und nie wieder einen Fuß auf mein Grundstück zu setzen, werde ich Ihre Kameras beschlagnahmen. Ich bin mir sicher, dass die nicht gerade billig sind«, erklärte ich ihm.

Er wirkte nicht annähernd so reumütig, wie er es hätte sein sollen.

Er schüttelte den Kopf. »Ich muss in diese Fabrik rein.«

»Das können Sie, aber nur ein einziges Mal, und das war's dann. Sie und Ihre Freunde haben eine Menge Ärger verursacht − nicht nur für mich und meine Familie, sondern auch für Harold. Wenn Sie sich von Orten fernhalten würden, wo Sie nichts zu suchen haben, wären Ihre Freunde vielleicht noch am Leben«, erinnerte ich ihn.

Zu spät wurde mir klar, dass ich zu viel gesagt hatte.

»Was meinen Sie damit? Harry ist nicht in der Fabrik gestorben«, sagte er und sah mich mit Augen an, die zu viel sahen.

»Na ja, er war hier in Lemon Bliss, weil Sie diese ganze Sache nicht ruhen lassen wollen«, platzte es aus mir heraus.

»George, das ist ein einmaliges Angebot«, erklärte Gabriel und hinderte George daran, mich weiter über Harrys Tod auszufragen. »Sie bekommen einen Freifahrtschein, aber das wird nicht noch einmal passieren. Wenn Sie wirklich glauben, dass es in dieser Fabrik Geister oder was auch immer gibt, dann ist das Ihre einzige Chance, sie zu überführen.«

George schnaubte. »Ich überführe sie nicht. Es sind Skeptiker wie Sie, die meine Arbeit erschweren.«

»Ich hätte gedacht, es wären die unzuverlässigen Geister, die Ihren Job schwierig machen«, murmelte ich leise vor mich hin.

Gabriel zuckte mit den Schultern. »Mir ist eigentlich egal, was Sie tun. Einmal. Eine Chance. Nehmen Sie es an oder lassen Sie es bleiben.«

Ich wartete und sah zu, wie George den Gedanken abwägte. »Schön, aber ich brauche meine gesamte Ausrüstung. Ich will einen Livestream machen.«

Ich konnte praktisch sehen, wie die Zahnräder in seinem Kopf ratterten, als ihm die Möglichkeiten dämmerten.

Gabriel sah mich an und zog fragend eine Augenbraue hoch. Ich nickte.

Er drehte sich zu George um. »Sie können einen Livestream machen. Wir werden aber dabei sein. Sie machen eine falsche Bewegung und das war's. Wenn Sie auch nur daran denken, noch einmal Hausfriedensbruch zu begehen, lasse ich Sie ins Gefängnis werfen.«

Ich lächelte, beeindruckt davon, wie autoritär er auftrat. *Mein Held.*

Ich ließ Gabriel und George die Einzelheiten aushandeln. Ich hoffte, unser Plan würde aufgehen, denn ich wollte George wirklich nie wieder sehen. George versuchte, einen zweiten Besuch in der Fabrik auszuhandeln, aber Gabriel blieb hart.

Nachdem die Verhandlung zwischen den beiden Männern beendet war, machten Gabriel und ich uns auf den Weg zur Fabrik, um mit der großen Aufräumaktion zu beginnen.

Als wir bei der Fabrik ankamen, stand die Eingangstür sperrangelweit offen und davor parkten mehrere Autos. Ich erkannte sie alle. Es war seltsam, die Fabrik so offen zu sehen. Seit meiner Rückkehr war sie ein dunkler Ort gewesen, immer in Schatten gehüllt. Die Tatsache, dass ein Mann in der Fabrik gestorben war, hatte das unheimliche Gefühl noch verstärkt.

»Hey, da seid ihr ja!«, begrüßte uns Daphne. »Ich dachte schon, ihr wolltet euch drücken und uns die ganze Arbeit überlassen.«

Ich lachte. »Nö, wir kommen gerade von George.«

Meine Mutter und Lila hörten das und eilten herbei. »Was hat er gesagt?«, verlangte Lila zu wissen.

»Er hat zugestimmt. Er wird einen Livestream machen und das war's. Gabriel hat ihm unmissverständlich klargemacht, dass er im Gefängnis landet, wenn er noch einmal Hausfriedensbruch begeht«, sagte ich mit einem Lächeln.

»Wow, gut gemacht, Gabriel«, sagte meine Mutter, lächelte und schüttelte den Kopf.

»Das ist mein Neffe«, sagte Coral stolz.

»Okay, bringen wir das hinter uns. Ich will die Fenster verbarrikadieren und dann lade ich Violet zu einem schönen Abendessen ein«, sagte er, sichtlich verlegen wegen der ganzen Aufmerksamkeit.

Wir teilten uns in Zweiergruppen auf und begannen, jeden Quadratzentimeter der Fabrik abzusuchen. Die oberen Stockwerke waren sauber. Lila und Daphne fanden im Keller zwei weitere Gläser, die schnell in Papiertüten verpackt und in einen kleinen Karton gelegt wurden, der wiederum in einen größeren Karton kam. Wir wollten kein Risiko eingehen.

»Alles sauber?«, fragte ich, als wir uns alle im Erdgeschoss wieder trafen.

»Alles sauber«, sagte Coral. »Alle Schätzchen sind sicher verstaut. Es wird keine weiteren versehentlichen Vergiftungen mehr geben.«

»Dann kann ich anfangen, die Fenster zu vernageln?«, fragte Gabriel.

»Ja, ich helfe dir«, bot ich an. »Ich sterbe vor Hunger und du hast mir ein Abendessen versprochen.«

Wir arbeiteten alle zusammen und vernagelten die Fenster. Die

Türen ließen wir vorerst offen, damit George seinen Livestream leichter machen konnte. Sobald er fertig war, würden wir die Vordertür vernageln, aber die Hintertür zugänglich lassen.

»Ich setze dich zum Umziehen ab und hole dich in einer Stunde wieder ab«, sagte Gabriel, als wir in seinen Truck stiegen.

Ich fragte mich, was ich anziehen sollte, und fragte ihn, wohin wir gingen.

»Zieh was Schickes an, wir gehen in ein nobles Restaurant«, sagte er mit einem Lächeln.

»Ooh!«, grinste ich.

Ich brauchte nicht lange zum Duschen, aber das richtige Kleid zu finden, war nicht ganz so einfach. Ich machte mich eigentlich nie schick. Ich durchforstete den Schrank und entschied mich schließlich für ein kleines Schwarzes. Damit konnte man als Frau nichts falsch machen.

Ich wartete auf Gabriel und war wegen unseres Dates nervös. Nervös und aufgeregt zugleich.

»Wow, die sind wunderschön.«

Ich nahm die Blumen, stellte sie schnell in eine Vase, drehte mich dann um und betrachtete ihn. Er trug eine Stoffhose und ein Hemd.

»Du bist wunderschön«, flüsterte er.

»Du siehst selbst auch ziemlich heiß aus«, sagte ich mit einem Augenzwinkern.

Er legte seine Hand um meine und führte mich zu seinem Truck. Das Restaurant war neu und gehobener als die meisten in der Gegend. Das Essen war ausgezeichnet.

Gabriel bestellte ein Dessert, obwohl ich darauf bestand, keinen Bissen mehr essen zu können.

Ein einzelnes Stück Kirsch-Käsekuchen wurde zum Tisch gebracht. Ich starrte es an, unfähig zu sprechen oder meinen Blick abzuwenden.

»Gabriel?«, flüsterte ich.

Er ging neben dem Tisch auf ein Knie und tat das Einzige, was ich niemals erwartet hätte.

»Violet, willst du mich heiraten?«

Ich nickte, unfähig zu sprechen, während mir die Tränen über die Wangen liefen.

Ich stand auf und schaffte es endlich, ja zu sagen. Gabriel wischte den Käsekuchen vom Ring, bevor er ihn mir an den Finger steckte.

»Sind Sie sicher, dass Sie mich heiraten wollen?«, flüsterte ich, als er wieder Platz nahm.

Er lachte. »Was soll das heißen? Ich hätte nicht gefragt, wenn ich es nicht ernst meinen würde.«

»Naja, ich bin eben, du weißt schon«, sagte ich und machte eine vage Handbewegung.

»Ja, das weiß ich, und es macht mir nichts aus. Es ist ein Teil von dir. Lüg mich nur niemals an oder versuch, Dinge vor mir geheim zu halten. Coral hat mir erzählt, dass das ihre Beziehung zu ihrem Mann zerstört hat«, sagte er mit leiser Stimme. »Wir werden das gemeinsam durchstehen, und wenn wir ein kleines Mädchen bekommen, das deine Kräfte erbt, dann sei es so. Für mich ist das in Ordnung.«

Schon wieder liefen mir die Tränen über die Wangen.

»Können wir jetzt nach Hause gehen?«

Er lächelte und nickte. »Ich dachte schon, du fragst nie.«

EINE WOCHE SPÄTER

»Vermasseln Sie das nicht, Kleiner«, knurrte George Dale Jr. an, als dieser ein Kabel nach draußen zu einem Generator verlegte.

Der Generator war eine Notwendigkeit gewesen, obwohl ich nicht damit gerechnet hatte, dass sie Strom brauchen würden. Ich war davon ausgegangen, dass sie mit Videokameras filmen würden. Da hatte ich mich gewaltig geirrt.

Ich lehnte an der Wand und sah den drei Männern zu, wie sie mit Kabeln, Kameras und Tablets herumliefen. Es gab diverse Geräte und Bildschirme, die paranormale Aktivitäten messen sollten. Ein riesiges LED-Thermometer wurde an eine Wand geschoben. Laut Stan würden wir wissen, dass die Geister anwesend waren, wenn die Temperatur fiel.

»Glaubst du, das wird funktionieren?«, fragte Daphne mit leiser Stimme.

»Ich habe keine Ahnung. Das sieht nach einer Menge teurer

Ausrüstung aus. Ich hoffe, es lohnt sich. Ich frage mich, wer das alles bezahlt?«

»Ich habe mit Dale Jr. gesprochen, und er sagte, sie versuchen, einen Vertrag mit einem Sender an Land zu ziehen. Der Sender übernimmt die Kosten für die Ausrüstung. Wenn es klappt, bekommen sie ihre eigene wöchentliche Sendung.«

»Ernsthaft?«, fragte ich, völlig überrascht von dieser Vorstellung.

Sie nickte. »Jap, das ist es, worauf George aus ist. Eigentlich sollte er ein zweistündiges Special filmen, aber die Idee eines Livestreams hat den Sender neugierig gemacht.«

Ich lächelte. »Was, wenn sich herausstellt, dass sie einen Haufen Geister finden?«

Sie kicherte. »Das wäre schrecklich, oder?«

»Schrecklich für sie, aber großartig für uns.«

Die Männer waren schon seit Stunden zugange. Ich war unglaublich gelangweilt und bereute meine Entscheidung, dem Geschehen beizuwohnen. Hinter einem Livestream steckte viel mehr Vorarbeit, als ich mir je hätte vorstellen können.

»Wie lange wird das noch dauern?«, flüsterte Daphne.

Ich zuckte mit den Schultern. »Ich weiß nicht. Ich schätze, ich dachte, es würde nur ein paar Stunden dauern, aber mir war nicht klar, dass allein der Aufbau so lange dauern würde. Glaubst du wirklich, der Sender wird damit Geld verdienen?«

Daphne brach in Gelächter aus. »Ich hoffe es. Wenn nicht, sieht das nach einem sehr teuren Hobby aus.«

Wir warteten und sahen ihnen eine weitere Stunde lang beim Herumwuseln zu. George war vergleichbar mit einem Diktator, der Stan und Dale Jr. über die gesamte Fabriketage kommandierte. Ich war schon vom Zusehen müde.

George kam zu uns herüber, wo wir standen, mit einem Kopfhörer um den Hals. »Müssen Sie hierbleiben, während wir filmen?«

»Ja«, sagte ich bestimmt.

»Na schön«, schnaubte er. »Reden Sie nicht und bleiben Sie aus dem Bild. Das ist live. Wir können Sie nicht herausschneiden, wenn Sie im Weg stehen.«

Ich lächelte. »Ich werde es gewiss versuchen. Zählt Lachen als Reden?«

Er warf mir einen finsteren Blick zu, bevor er sich umdrehte und zu dem aufwendigen Aufbau zurückkehrte, den er arrangiert hatte.

»Bereit?«, rief er.

»Wir können loslegen«, schrie Stan von der anderen Seite des Raumes zurück.

»Ich bin bereit!«, rief Dale, und die Aufregung in seiner Stimme war ansteckend.

»Licht aus!«, rief George.

Das Licht ging aus und tauchte die Fabrik in Dunkelheit. George war begeistert von den vernagelten Fenstern gewesen. Er behauptete, die Dunkelheit sei besser für die Show und würde die Geister ermutigen, sich zu zeigen. Ich freute mich tatsächlich auf die Möglichkeit, einen Geist zu sehen. Es wäre irgendwie cool, besonders wenn es meine Großmutter wäre, die an diesem Ort spukte.

Ein einzelner Scheinwerfer ging an und beleuchtete George. Er hielt seine Hand mit drei ausgestreckten Fingern hoch und nahm einen nach dem anderen herunter.

»Und wir sind live!«, sagte George, dessen ganzes Auftreten sich veränderte.

Er eröffnete seine Show mit einer Hommage an seine verstorbenen Partner Dale und Harry. Es war tatsächlich ziemlich bewegend. Ich war überzeugt, dass es eine Masche für die Einschaltquoten war, aber sie funktionierte.

Daphne und ich sahen zu, wie die Männer begannen, verschiedene Wahrsagerituale durchzuführen. Es war unterhaltsam und aufregend. Wir hatten uns ein paar leere Kisten herangezogen, um darauf zu sitzen, während wir die Show verfolgten. Ich lächelte und erkannte, dass ich das beobachtete, was das Ende eines Kapitels in meinem Leben bedeuten würde. Es war kein angenehmes Kapitel gewesen, aber ich war froh, die Erfahrung gemacht zu haben.

Gabriel kam durch die Seitentür herein, was ihm ein Stirnrunzeln von George einbrachte. Ich lächelte und winkte ihn zu mir herüber.

»Schon irgendwelche Geister?«, flüsterte er.

Ich schüttelte den Kopf. »Noch nicht. Aber ich drücke die Daumen.«

Er setzte sich neben mich und drückte meinen Oberschenkel. Ich lehnte mich an ihn und merkte, dass ich wirklich glücklich war. Mit Geistern und allem drum und dran, Lemon Bliss, Gabriel und der Rest meines schrägen Hexenzirkels hatten sich als mein Zuhause entpuppt.

———

Wenn du Updates zu meinen Neuerscheinungen und andere Neuigkeiten erhalten möchtest, melde dich für meinen Newsletter an: subscribepage.io/sTrNBG

Besuche Charm Cove in Maine, wo die Wickeds und die Goods seit einigen Jahrhunderten für Unfug, Magie und Chaos sorgen. Blättere um für eine exklusive Leseprobe aus *Destiny's A Witch*, dem ersten Buch der Wicked-Good-Krimireihe!

AUSZUG: DESTINY'S A WITCH

MOIRA WICKED

Ich bahnte mir meinen Weg durch die Menschenmenge, die sich auf dem Bürgersteig drängte, und wäre fast gestolpert, als ich mich umdrehte, um mich durch die Tür von *Persnickety Potions & Gifts* zu zwängen. Zu meinem großen Ärger war der Laden voller Kunden, die alle von dem niedlichen kleinen Geschäft restlos begeistert waren. Mit einem Augenrollen schob ich mich durch die Menge, bis ich den Tresen erreichte. Die Person, wegen der ich hier war – meine Tante Lea – stand daneben und erzählte einer Kundin irgendwelchen Unsinn.

Tante Lea sah schon immer so aus, seit ich denken konnte. Ihr silbernes Haar war zu einem elegant unordentlichen Knoten auf ihrem Kopf gedreht, der von knallroten Essstäbchen gehalten wurde. Sie trug einen fließenden roten Rock, der ihre Knöchel umspielte, dazu eine taillierte weiße Bluse und knöchelhohe schwarze Stiefel mit niedrigen Absätzen. Baumelnde Silberohrringe und eine Menge Silberarmbänder rundeten ihren Look ab – den einer wunderschönen, eleganten älteren Frau mit einem Hauch von Hippie.

»Also, meine Liebe, dieses Mittel wird Ihrer Haut auf jeden Fall helfen. Tupfen Sie es einfach hinter Ihre Ohren und träufeln Sie es ins

Badewasser«, sagte Tante Lea, schüttelte das kleine Fläschchen und ihre grünen Augen funkelten zu ihrem warmen Lächeln.

Bei der besagten Kundin handelte es sich um eine Frau, die enge Jeans und Jodhpurstiefel zu einer taillierten Bluse und einer schwarzen Lederjacke trug. Ihr riesiger Diamantring war ein todsicherer Hinweis darauf, dass sie eine Menge Geld auszugeben hatte. Er war so groß, dass ich befürchtete, ihr Finger würde unter dem Gewicht nachgeben.

Ich schätzte, dass diese freundliche Kundin für das Wochenende aus Massachusetts, Connecticut oder New York nach Maine gekommen war. Wahrscheinlich arbeitete sie in der Mode- oder Finanzbranche und scheffelte haufenweise Geld, oder noch besser, sie hatte jemanden geheiratet, der eine unethische Investmentfirma leitete, und widmete ihre Zeit gesellschaftlich angemessenen, wohltätigen Zwecken – in einem fehlgeleiteten Versuch, ihr Karma wieder ins Reine zu bringen. Sie hing vollkommen an Tante Leas Lippen, die übrigens redete und redete und redete.

Ich musste es Tante Lea lassen, sie konnte einen potenziellen Kunden meilenweit gegen den Wind riechen und hätte, wenn sie gewollt hätte, auch Pferdemist verkaufen können. Innerhalb von Minuten hatte sie nicht nur den Zaubertrank verkauft, sondern auch ein paar andere Artikel aus ihrer Abteilung »Schönheit & Heilung«. Falls Sie sich fragen, was das war: Es handelte sich um Lotionen, Cremes und Ähnliches, allesamt mit magischen Heilkräften versehen. So sehr ich Ihnen auch sagen möchte, dass das alles nur Quatsch war, war es das nicht.

Aber ich schweife ab. In dem Moment, als Tante Lea ihre Kundin herzlich umarmte und sie verabschiedete, huschte ich hinter den Tresen, packte sie am Ellbogen und wirbelte sie durch die Schwingtüren in den hinteren Lagerbereich.

»Moira! Was machst du denn hier, meine Liebe?«, rief Tante Lea aus und hüllte mich in eine warme, nach Rosmarin duftende Umarmung.

Ich trat einen Schritt zurück und setzte meinen bösen Blick auf. Ich liebte Tante Lea. Ich liebte meine ganze Familie, aber manchmal machten sie mich wahnsinnig. »Du hast Brian einen Liebestrank verkauft und versuch bloß nicht, mir zu erzählen, dass du es nicht getan hast.«

»Oh je, wie kannst du nur denken ...?«, fing Tante Lea an, aber ich hatte keine Geduld für ihr Herumdrucksen.

»Fang gar nicht erst damit an. Ich hätte wissen müssen, dass du so einen Stunt abziehst, nachdem ich mich über seine Verlobte beschwert habe. Um es klarzustellen: Ich habe mich nicht beschwert, weil ich eifersüchtig war, sondern weil sie im Büro eine echte Nervensäge ist.«

Tante Lea lächelte verschmitzt und gab ihren Versuch, ihre Unwissenheit vorzutäuschen, vollständig auf. »Ganz genau. Ich wollte sie nur in ihre Schranken weisen. Du hast mir erzählt, was für ein Albtraum sie ist, und dann hat er sie hierhergebracht. Oh mein Gott«, sie hielt inne, um sich wegen der gespielten Notlage, der Verlobten meines Chefs begegnet zu sein, Luft zuzufächeln. »Sie war schrecklich. Er wird mir eines Tages noch danken.«

Ich drehte mich weg, atmete tief ein und langsam wieder aus, wobei ich bis zehn zählte. Als ich mich wieder umdrehte, musterte ich Tante Lea. Ich wusste, dass sie es gut meinte, aber dass sie selten, wenn überhaupt, die Konsequenzen ihres Handelns bedachte. Die Auswirkungen waren umso größer, wenn man bedachte, dass sie eine Hexe war, übrigens eine sehr mächtige.

»Klar. Ich bin sicher, er wird dankbar sein, dass er sie nicht heiratet, aber du hast den Zauber gewirkt und jetzt schmachtet er mich an. Mich! Das ist ein Problem von gigantischen Ausmaßen, ganz zu schweigen davon, dass ich mich *nicht* mit Brian Spencer einlassen will. Er ist mein Chef und wir haben absolut nichts gemeinsam. Bitte bring das in Ordnung. Am besten gestern noch.«

»Schätzchen, ich kann die Zeit nicht zurückdrehen«, sagte Tante Lea und zog die Augenbrauen hoch, als ob sie tatsächlich dachte, ich würde das andeuten.

»O mein Gott! Ich weiß, dass du das nicht kannst. Bring es einfach ... bring es einfach in Ordnung. Mach den Zauber rückgängig oder so etwas. Sorge dafür, dass er sich in jemand anderen verliebt.«

So sehr ich es auch selbst in Ordnung bringen würde, wenn Tante Lea bei dem Zauber, den sie gewirkt hatte, ihre Hand im Spiel hatte, hatte ich nicht genug Macht, um ihm entgegenzuwirken. Vielleicht würde ich es in ein paar Jahrzehnten schaffen, aber sie spielte in einer eigenen Liga.

Tante Lea tippte sich mit dem Zeigefinger an die Wange, ihr glänzend roter Nagel fing das Licht von oben ein. Nach einem Moment eilte sie davon und schlüpfte durch einen Perlenvorhang. Richtig, um dem Ganzen die Krone aufzusetzen, hatte *Persnickety Potions & Gifts* einen Perlenvorhang im Hinterzimmer. Es wäre schwierig, diesen Ort noch kitschiger zu machen.

———

Ich ließ meinen Blick schweifen und nahm das überfüllte Hinterzimmer von Tante Leas geliebtem Laden in mich auf. Die Wände waren mit Regalen ausgekleidet, und jeder Zentimeter war vollgestopft mit Flaschen voller Tränke, Cremes und mehr, neben kostspieligen Kunstwerken und Schmuck. Der Laden war schon, ach, seit ein paar hundert Jahren im Besitz meiner Familie. Tante Lea war zufällig das Familienmitglied, das ihn gerade führte, aber wir alle hatten zu verschiedenen Zeiten unsere Finger mit im Spiel. Ich atmete tief ein und genoss den Duft von Kräutern und Blumen, der den Raum erfüllte. Die Geräusche aus dem vorderen Teil des Ladens drangen bis hierher. Tante Lea hatte in diesem Frühjahr zwei meiner jüngeren Cousins hier arbeiten lassen, etwas, das ich während meiner ganzen Highschool-Zeit getan hatte.

Meine Gedanken schweiften zum gestrigen Nachmittag ab, als mein Boss, den ich übrigens hasste, mit Blumen in mein Büro gekommen war. Blumen! Er schien völlig vergessen zu haben, dass er mit Kristy Ross, einer anderen Anlageberaterin im Büro, verlobt war. Und was die Frage anging, warum ich im Finanzwesen arbeitete, nun, das war ein anderes Thema.

Jedenfalls war ich entsetzt. Ich hatte versucht, den besten Weg zu finden, meinen Job zu kündigen, ohne Brian sauer zu machen und meine Chancen auf ein gutes Arbeitszeugnis von ihm zu ruinieren. Denn, tja, ich hasste meinen Job und brauchte eine Veränderung.

Das war für meine Familie nichts Neues, denn meine Mutter saß mir ständig im Nacken, ich solle wieder nach Charm Cove ziehen. Konnte eine Stadt mit einem solchen Namen noch niedlicher sein?

Schwer zu sagen, wenn man's nicht weiß, hätten die Einheimischen hier geantwortet.

Jedenfalls hatte ich vorletzte Woche hier angerufen, um meinen diversen Familienmitgliedern Bescheid zu geben, dass mein Boss und seine Verlobte für einen Besuch in der Stadt sein würden. Das war an sich nichts Ungewöhnliches. Touristen aus dem ganzen Nordosten und der ganzen Welt strömten nach Maine, um die Küste zu besuchen. Der Bundesstaat hatte zwei Mottos. *Maine, The Way Life Should Be* und *Vacationland*. Es gab viele schnuckelige Küstenstädte in Maine, aber Charm Cove nahm einen ganz besonderen Platz ein, denn die Einheimischen hier umgarnten die Touristen wie verrückt.

Dazu kam noch die Tatsache, dass die Stadt vor ein paar Jahrhunderten von zwei Hexenfamilien gegründet worden war. Zu sagen, die Einheimischen hier hätten eine Art, die Touristen zu bezaubern, war eine lächerliche Untertreibung. Meine Familie verdiente ein Heidengeld an ihnen.

Mein Chef wollte also zu Besuch kommen. Nichts Ungewöhnliches. Ich gab ihm freundlicherweise einige Vorschläge für Unterkünfte, die besten Restaurants und Geschäfte und wünschte ihm einen schönen Urlaub mit seiner zickigen Verlobten. Da sie wusste, dass ich mit meinem Job unglücklich war, vermute ich mal, dass Tante Lea seine Verlobte nur einmal ansehen musste und beschloss, ihre Kräfte für das Gute einzusetzen. Sie behauptete, das sei der einzige Grund, warum sie ihre Kräfte jemals einsetzte. Pah.

In dem Moment, als Brian mit Blumen auftauchte, wusste ich, dass sie etwas getan hatte. Schlimmer noch, als ich in seinem Büro vorbeischaute, um einen Bericht abzugeben, hatte ich das unverkennbare Etikett von „Persnickety Potions & Gifts" auf einer Flasche auf seinem Schreibtisch entdeckt. Mein spießiger, hochnäsiger Investmentbanker-Boss − der einen Stock so tief im A*sch stecken hatte, dass ich nicht sicher war, ob man ihn je wieder entfernen konnte − hatte eine Flasche mit irgendeinem esoterischen Mittelchen. In dem Moment, als ich das sah, wusste ich, was los war. Tante Lea hatte einen Liebeszauber auf ihn gewirkt, der mich leider auch in seinem Netz gefangen hatte. Gott steh mir bei.

Tante Lea kam zurückgeeilt, und der Perlenvorhang klimperte

leise, als sie ihn durchschritt. »Okay, da wären wir. Ich habe den Zauber umgekehrt, aber du musst das hier in sein Büro stellen.«

Ich starrte sie an und schüttelte langsam den Kopf. »Das reparierst du schön selbst. Ich weiß, dass du das aus der Ferne erledigen kannst, also wag es ja nicht, mich da mit reinzuziehen«, sagte ich mit meiner festesten Stimme.

Tante Lea legte den Kopf schief und verdrehte die Augen. »Na gut. Versprich mir, dass du wieder nach Hause ziehst, und ich kümmere mich sofort darum«, sagte sie mit einem Fingerschnipsen.

Das war ein häufiger Streitpunkt mit jedem aus meiner Familie, seit ich vor ein paar Jahren aus Charm Cove weggezogen war. Es gab viele Dinge, die ich an meiner Heimatstadt liebte, aber ich hatte etwas Abstand gebraucht und mochte den Druck, zurückzukehren, nicht. Ich wollte diese Entscheidung zu meinen eigenen Bedingungen treffen.

Wir lieferten uns ein Blickduell, bis sie seufzte und eine Hand in die Hüfte stemmte. »Ich wollte nicht, dass er sich in dich verliebt. Ich habe den Zauber nicht spezifisch gemacht, nur für die erste Frau, die er sieht, nachdem er wirkt. Ich schätze, das warst du.«

»Ich schätze schon«, sagte ich und konnte mir ein Lachen nicht verkneifen. So verärgert ich über ihre Mätzchen auch sein mochte, es war alles so lächerlich.

Tante Lea zeigte ein verschmitztes Lächeln und winkte mich dann nach vorne. »Bleibst du über das Wochenende?«, fragte sie, als sie mich auf den belebten Gehweg hinausbegleitete.

»Natürlich. Ich fahre jetzt zu Mama.«

Tante Lea umarmte mich noch einmal und verabschiedete mich mit einem Winken.

Ich machte insgesamt zehn Schritte, als ich meinen Namen hörte.

»Moira Wicked!«

Falls ich es vergessen habe zu erwähnen, die beiden Familien, die Charm Cove vor ein paar Jahrhunderten gegründet hatten, waren die Wickeds und die Goods. Ich war eine Wicked. Der Mann, der meinen Namen rief? Liam Good.

———

In Charm Cove lagen die Wickeds und die Goods seit Jahrhunderten im Streit. Im letzten Jahrhundert war es zwar deutlich höflicher geworden, vor allem, weil wir unsere Hexereien geheim halten mussten. Die jüngste Beliebtheit für alles Spirituelle hatte die Dinge für uns viel einfacher gemacht, aber eigentlich hatte das nur dazu beigetragen, dass wir ahnungslosen Touristen leichter das Geld aus der Tasche ziehen konnten. Ich schätze, die rettende Gnade war, dass die Dinge, die wir ihnen verkauften, wenigstens funktionierten. Bestes Beispiel: Tante Leas Liebeszauber für meinen Boss.

Im Moment rief Liam Good meinen Namen und ich versuchte herauszufinden, wo ich mich verstecken konnte. Mit einer Bewegung meines Handgelenks wirbelte ich Rauch in die Luft und verschwand darin, um mich in das nächstgelegene Badezimmer zu befördern. Verdammt. Kleines Problem: Ich landete im Badezimmer im hinteren Teil von „Persnickety Potions & Gifts“.

Meine Kräfte waren ein wenig eingerostet, weil ich versucht hatte, ein *normales* Leben zu führen. Lassen Sie mich Ihnen sagen, es ist schwer, normal zu sein, wenn dein Vorname *Schicksal* bedeutet, dein Nachname Wicked ist und du tatsächlich aus einer Familie stammst, die für ihre Hexenkünste legendär ist.

Mit einem Seufzer wandte ich mich von der vertrauten Badezimmertür ab und machte eine Bestandsaufnahme. Ich strich mir ein paar verirrte Strähnen meines fast schwarzen Haares aus den Augen, wusch mir die Hände im Waschbecken und betrachtete mich selbst. Grüne Augen und ziemlich blasse Haut starrten mich an. Meine Wangen waren gerötet, wahrscheinlich weil ich nervös war, Liam zu begegnen. Mit einem Spritzer Wasser ins Gesicht kühlte ich mich ab. Ich nehme an, der Vorteil war, dass ich hier einfach hinausspazieren konnte, ohne mir Sorgen machen zu müssen, wie ich hier gelandet war. Also tat ich genau das.

Als Tante Lea bei meinem Anblick eine Augenbraue hochzog, hielt ich neben ihr hinter dem Tresen inne. »Liam Good hat mich gesehen. Ich bin nicht in der Stimmung, also ... na ja, du weißt schon«, erklärte ich mit leiser Stimme.

Tante Lea nickte wissend. Ich musste nicht erklären, dass ich mich hier im hinteren Badezimmer unsichtbar gemacht hatte. Das war kein

Problem. Rauch zu erzeugen, den niemand sonst sehen konnte, es sei denn, man war zufällig eine Hexe, war in Charm Cove völlig normal.

Ich ging weiter aus dem Laden und hoffte, dass Liam den Wink verstanden hatte. Aber Pustekuchen. Er lehnte an dem Granitpfeiler an der Straßenecke, ungünstigerweise direkt bei meinem roten Schrägheck. Es juckte mich in den Fingern, wieder zu verschwinden, aber ich wusste, dass es mir nichts nützen würde.

Liam Good war mein Ex-Freund aus der Highschool und einem Teil des Colleges. Das Letzte, was ich gehört hatte, war, dass er glücklich verheiratet war, und ich hatte so getan, als wäre mir das egal.

Liam Good war ein wichtiger Grund, warum ich aus Charm Cove weggezogen war und warum ich mir geschworen hatte, mit meinen Kräften abzuschließen. Es hatte nur eine einzige kurze Begegnung mit ihm gebraucht und mein Vorsatz, meine Kräfte nicht einzusetzen, löste sich buchstäblich in Rauch auf. Seufz.

Ich zwang mich zu einem gequälten Lächeln und tat mein verdammtes Bestes, um nicht zu bemerken, dass er immer noch gut aussah. Rabenschwarzes Haar, eisblaue Augen und klassisch gut aussehend mit markanten Gesichtszügen und allem Drum und Dran. Gott, steh mir bei. Das Leben war nicht fair.

1-Klick : Destiny's A Witch

Wenn du Updates über meine neuen Veröffentlichungen und andere Neuigkeiten erhalten möchtest, melde dich für meinen Newsletter an: subscribepage.io/sTrNBG

MEINE BÜCHER

Vielen Dank, dass du diese Geschichte gelesen hast! Ich hoffe, die Magie hat dir gefallen. Falls ja, gibt es hier ein paar Möglichkeiten, wie du anderen Lesern helfen kannst, meine Bücher zu finden.

1) Schreibe eine Rezension!

2) Melde dich für meinen Newsletter an, damit du Informationen über Neuerscheinungen erhältst: subscribepage.io/sTrNBG

3) Like meine Facebook-Seite unter https://www.facebook.com/lucymayauthor/

———

Lemon Tea Cozy Mysteries

Witch You Wouldn't Believe

A Spell to Tell

Witch is When it Gets Crazy

Wicked Good Mystery Series

Destiny's A Witch

Hex Me Not

Spells & Silver Bells

The Great Maple Caper
Oopsy Daisy
Siren Song Gone Wrong
Pumpkin Patch Murder
This Good Witch Mystery Series
Wish Upon A Witch
A Stormy Spell
A Stitch of Magic
Bee Charmed